文学馆·小经典

落花生

许地山◎著

中国工人出版社

图书在版编目（CIP）数据

落花生/许地山著.—北京:中国工人出版社,2013.10
（小经典）
ISBN 978-7-5008-5631-3

Ⅰ.①落… Ⅱ.①许… Ⅲ.①散文集—中国—现代 Ⅳ.①I217.2

中国版本图书馆CIP数据核字（2013）第236820号

落花生

出 版 人　李庆堂
责任编辑　宋　杨
责任校对　张圣南
责任印制　栾征宇
出版发行　中国工人出版社
地　　址　北京市东城区鼓楼外大街45号 邮编：100120
网　　址　http://www.wp-china.com
电　　话　（010）62350006（总编室）
　　　　　（010）62005039（营销出版部）
　　　　　（010）82075934（社科文艺分社）
发行热线　（010）62005049（分社发行电话）
　　　　　（010）62005042（分社传真）
经　　销　各地书店
印　　刷　三河市东方印刷有限公司
开　　本　880毫米×1230毫米　1/32
印　　张　9.125
字　　数　190千字
版　　次　2013年11月第1版　　2020年10月第1版第3次印刷
定　　价　19.00元

目录

蝉

急雨之后，蝉翼湿得不能再飞了。那可怜的小虫在地面慢慢地爬，好容易爬到不老的松根上头。松针穿不牢的雨珠从千丈高处脱下来，正滴在蝉翼上。蝉嘶了一声，又从树的露根摔到地上了。

雨珠，你和他开玩笑么？你看，蚂蚁来了！野鸟也快要看见他了！

蛇

在高可触天的桄榔树下。我坐在一条石凳上，动也不动一下。穿彩衣的蛇也蟠在树根上，动也不动一下。多会让我看见他，我就害怕得很，飞也似的离开那里，蛇也和飞箭一样，射入蔓草中了。

我回来，告诉妻子说："今儿险些不能再见你的面！"

"什么原故？"

"我在树林见了一条毒蛇：一看见他，我就速速跑回来；蛇也逃走了。……到底是我怕他，还是他怕我？"

妻子说："若你不走，谁也不怕谁。在你眼中，他是毒蛇；在他眼中，你比他更毒呢。"

但我心里想着，要两方互相惧怕，才有和平。若有一方大胆一点，不是他伤了我，便是我伤了他。

笑

我从远地冒着雨回来。因为我妻子心爱的一样东西让我找着了，我得带回来给她。

一进门，小丫头为我收下雨具，老妈子也借故出去了。我对妻子说："相离好几天，你闷得慌吗？……呀，香得很！这是从哪里来的？"

"窗棂下不是有一盆素兰吗？"

我回头看，几箭兰花在一个汝窑钵上开着。我说："这盆花多会移进来的？这么大雨天，还能开得那么好，真是难得啊！……可是我总不信那些花有如此的香气。"

我们并肩坐在一张紫檀榻上。我还往下问："良人，到底是兰花的香，是你的香？"

"到底是兰花的香，是你的香？让我闻一闻。"她说时，亲了我一下。小丫头看见了，掩着嘴笑，翻身揭开帘子，要往外走。

"玉耀，玉耀，回来。"小丫头不敢不回来，但，仍然抿着嘴笑。

“你笑什么?”

“我没有笑什么。”

我为她们排解说:“你明知道她笑什么，又何必问她呢，饶了她罢。”

妻子对小丫头说:“不许到外头瞎说。去罢，到园里给我摘些瑞香来。”小丫头抿着嘴出去了。

三 迁

花嫂子着了魔了！她只有一个孩子，舍不得教他入学。她说："阿同的父亲是因为念书念死的。"

阿同整天在街上和他的小伙伴玩：城市中应有的游戏，他们都玩过。他们最喜欢学警察、人犯、老爷、财主、乞丐。阿同常要做人犯，被人用绳子捆起来，带到老爷跟前挨打。

一天，给花嫂子看见了，说："这还了得！孩子要学坏了。我得找地方搬家。"

她带着孩子到村庄里住。孩子整天在阡陌间和他的小伙伴玩：村庄里应有的游戏，他们都玩过。他们最喜欢做牛、马、牧童、肥猪、公鸡。阿同常要做牛，被人牵着骑着，鞭着他学耕田。

一天，又给花嫂子看见了，就说："这还了得！孩子要变畜生了。我得找地方搬家。"

她带孩子到深山的洞里住。孩子整天在悬崖断谷间和他的小伙伴玩。他的小伙伴就是小生番、小猕猴、大鹿、长尾三娘、大蛱蝶。他最爱学 鹿的跳跃，猕猴的攀缘，蛱蝶的飞舞。

有一天，阿同从悬崖上飞下去了。他的同伴小生番来给花嫂子报信，花嫂子说：“他飞下去么？那么，他就有本领了。”

呀，花嫂子疯了！

香

妻子说："良人，你不是爱闻香么？我曾托人到鹿港去买上好的沉香线；现在已经寄到了。"她说着，便抽出妆台的抽屉，取了一条沉香线，燃着，再插在小宣炉中。

我说："在香烟绕缭之中，得有清淡。给我说一个生番的故事罢。不然，就给我谈佛。"

妻子说："生番故事，太野了。佛更不必说，我也不会说。"

"你就随便说些你所知道的罢，横竖我们都不大懂得；你且说，什么是佛法罢。"

"佛法么？——色，——声，——香，——味，——触，——造作，——思维，都是佛法：唯有爱闻香的爱不是佛法。"

"你又矛盾了！这是什么因明？"

"不明白么？因为你一爱，便成为你的嗜好；那香在你闻觉中，便不是本然的香了。"

愿

南普陀寺里的大石，雨后稍微觉得干净，不过绿苔多长一些。天涯的淡霞好像给我们一个天晴的信。树林里的虹气，被阳光分成七色。树上，雄虫求雌的声，凄凉得使人不忍听下去。妻子坐在石上，见我来，就问："你从哪里来？我等你许久了。"

"我领着孩子们到海边捡贝壳咧。阿琼捡着一个破贝，虽不完全，里面却像藏着珠子的样子。等他来到，我教他拿出来给你看一看。"

"在这树荫底下坐着，真舒服呀！我们天天到这里来，多么好呢！"

妻说："你哪里能够？……"

"为什么不能？"

"你应当作荫，不应当受荫。"

"你愿我作这样的荫么？"

"这样的荫算什么！我愿你作无边宝华盖，能普荫一切世间诸有情；愿你为如意净明珠，能普照一切世间诸有情；愿你为降魔金刚杵，能破坏一切世间诸障碍；愿你为多宝盂兰盆，能盛百味，滋养一切世间诸饥渴者；愿你有六手，十二手，百手，千万手，无量数那由他如意手，能成全一切世间等等美善事。”

我说：“极善，极妙！但我愿做调味的精盐，渗入等等食品中，把自己的形骸融散，且回复当时在海里的面目，使一切有情得尝咸味，而不见盐体。”

妻子说：“只有调味，就能使一切有情都满足吗？”

我说：“盐的功用，若只在调味，那就不配称为盐了。”

山 响

群峰彼此谈得呼呼地响。它们的话语，给我猜着了。

这一峰说："我们的衣服旧了，该换一换啦。"

那一峰说："且慢罢，你看，我这衣服好容易从灰白色变成青绿色，又从青绿色变成珊瑚色和黄金色——质虽是旧的，可是形色还不旧。我们多穿一会罢。"

正在商量的时候，它们身上穿的，都出声哀求说："饶了我们，让我们歇歇罢。我们的形态都变尽了，再不能为你们争体面了。"

"去罢，去罢，不穿你们也算不得什么。横竖不久我们又有新的穿。"群峰都出着气这样说。说完之后，那红的、黄的彩衣就陆续褪下来。

我们都是天衣，那不可思议的灵，不晓得甚时要把我们穿着得非常破烂，才把我们收入天橱。愿他多用一点气力，及时用我们，使我们得以早早休息。

愚妇人

从深山伸出一条蜿蜒的路，窄而且崎岖。一个樵夫在那里走着，一面唱：

鸧鹒，鸧鹒，来年莫再鸣！
鸧鹒一鸣草又生。
草木青青不过一百数十日，
到头来，又是樵夫担上薪。

鸧鹒，鸧鹒，来年莫再鸣！
鸧鹒一鸣虫又生。
百虫生来不过一百数十日，
到头来，又要纷纷扑红灯。
鸧鹒，鸧鹒，来年莫再鸣！
……

他唱时，软和的晚烟已随他的脚步把那小路封起来了，他还要往下唱，猛然看见一个健壮的老妇人坐在溪涧边，对着流水哭泣。

“你是谁？有什么难过的事？说出来，也许我能帮助你。”

“我么？唉！我……不必问了。”

樵夫心里以为她一定是个要寻短见的人，急急把担卸下，进前几步，想法子安慰她。他说：“妇人，你有什么难处，请说给我听，或者我能帮助你。天色不早了，独自一人在山中是很危险的。”

妇人说：“我从来就不知道什么叫做难过。自从我父母死后，我就住在这树林里。我的亲戚和同伴都叫我做石女。”她说到这里，眼泪就融下来了。往下她的话语就支离得怪难明白。过一会，她才慢慢说：“我……我到这两天才知道石女的意思。”

“知道自己名字的意思，更应当喜欢，为何倒反悲伤起来？”

“我每年看见树林里的果木开花，结实；把种子种在地里，又生出新果木来。我看见我的亲戚、同伴们不上二年就有一个孩子抱在她们怀里。我想我也要像这样——不上二年就可以抱一个孩子在怀里。我心里这样说，这样盼望，到如今，六十年了！我不明白，才打听一下。呀，这一打听，叫我多么难过！我没有抱孩子的希望了……然而，我就不能像果木，比不上果木么？”

“哈，哈，哈！”樵夫大笑了，他说，“这正是你的幸运哪！抱孩子的人，比你难过得多，你为何不往下再向她们打听一下呢？我告诉你，不曾怀过胎的妇人是有福的。”

一个路傍素不相识的人所说的话，哪里能够把六十年的希望——迷梦——立时揭破呢？到现在，她的哭声，在樵夫耳边，还可以约略地听见。

蜜蜂和农人

雨刚晴，蝶儿没有蓑衣，不敢造次出来，可是瓜棚的四围，已满唱了蜜蜂的工夫诗：

彷彷，徨徨！徨徨，彷彷！

生就是这样，徨徨，彷彷！

趁机会把蜜酿。

大家帮帮忙；

别误了好时光。

彷彷，徨徨！徨徨，彷彷！

蜂虽然这样唱，那底下坐着三四个农夫却各人担着烟管在那里闲谈。

人的寿命比蜜蜂长，不必像它们那么忙么？未必如此。不过农夫们不懂它们的歌就是了。但农夫们工作时，也会唱底。他们唱的是：

村中鸡一鸣，

阳光便上升，

太阳上升好插秧。

禾秧要水养，

各人还为踏车忙。

东家莫截西家水；

西家不借东家粮。各人只为各人忙——

“各人自扫门前雪，

不管他人瓦上霜。”

“小俄罗斯”的兵

短篱里头，一棵荔枝，结实累累。那朱红的果实，被深绿的叶子托住，更是美观；主人舍不得摘它们，也许是为这个缘故。

三两个漫游武人走来，相对说：“这棵红了，熟了，就在这里摘一点罢。”他们嫌从正门进去麻烦，就把篱笆拆开，大摇大摆地进前。一个上树，两个在底下接；一面摘，一面尝，真高兴呀！

屋里跑出一个老妇人来，哀声求他们说：“大爷们，我这棵荔枝还没有熟哩；请别作践它；等熟了，再送些给大爷们尝尝。”

树上的人说：“胡说，你不见果子已经红了么？怎么我们吃就是作践你的东西？”

“唉，我一年的生计，都看着这棵树。罢了，罢……”

“你还敢出声么？打死你算得什么；待一会，看把你这棵不中吃的树砍来做柴火烧，看你怎样。有能干，可以叫你们的人到广东吃去。我们那里也有好荔枝。”

唉，这也是战胜者，强者的权利么？

爱的痛苦

在绿荫月影底下，朗日和风之中，或急雨飘雪的时候，牛先生必要说他的真言，“啊，拉夫斯偏[①]！”他在三百六十日中，少有不说这话的时候。

暮雨要来，带着愁容的云片，急急飞避；不识不知的蜻蜓还在庭园间遨游着。爱诵真言的牛先生闷坐在屋里，从西窗望见隔院的女友田和正抱着小弟弟玩。

姊姊把孩子的手臂咬得吃紧；擘他的两颊；摇他的身体；又掌他的小腿。孩子急得哭了。姊姊才忙忙地拥抱住他，堆着笑说：“乖乖，乖乖，好孩子，好弟弟，不要哭。我疼爱你，我疼爱你！不要哭。”不一会儿孩子的哭声果然停了。可是弟弟刚现出笑容，姊姊又该咬他、擘他、摇他、掌他咧。

檐前的雨好像珠帘，把牛先生眼中的对象隔住。但方才那种印象，却萦回在他眼中。他把窗户关上，自己一人在屋里踱来踱去。最后，他点点头，笑了一声：“哈，哈！这也是拉夫斯偏！”

---

① Love’s Pain 的音译，意为爱情的痛苦。

他走近书桌子，坐下，提起笔来，像要写什么似的。想了半天，才写上一句七言诗。他念了几遍，就摇头，自己说："不好，不好。我不会作诗，还是随便记些起来好。"

牛先生将那句诗涂掉以后，就把他的日记拿出来写。那天他要记的事情格外多。日记里应用的空格，他在午饭后，早已填满了。他裁了一张纸，写着：

黄昏，大雨。田在西院弄她的弟弟，动起我一个感想，就是：人都喜欢见他们所爱者的愁苦；要想方法教所爱者难受。所爱者越难受，爱者越喜欢，越加爱。

一切被爱的男子，在他们的女人当中，直如小弟弟在田的膝上一样。他们也是被爱者玩弄的。

女人的爱最难给，最容易收回去。当她把爱收回去的时候，未必不是一种游戏的冲动；可是苦了别人哪。

唉，爱玩弄人的女人，你何苦来这一下！愚男子，你的苦恼，又活该呢！

牛先生写完，复看一遍，又把后面那几句涂去，说："写得太过了，太过了！"他把那张纸附贴在日记上，正要起身，老妈子把哭着的孩子抱出来，一面说："姊姊不好，爱欺负人。不要哭，咱们找牛先生去。"

"姊姊打我！"，这是孩子所能对牛先生说的话。

牛先生装作可怜的声音，忧郁的容貌，回答说："是吗？姊姊打你吗？来，我看看打到哪步田地？"

孩子受他的抚慰，也就忘了痛苦，安静过来了。现在吵闹的，只剩下外间急雨的声音。

信仰的哀伤

在更阑人静的时候，伦文就要到池边对他心里所立的乐神请求说："我怎能得着天才呢？我的天才缺乏了，我要表现的，也不能尽地表现了！天才可以像油那样，日日添注入我这盏小灯么？若是能，求你为我，注入些少。"

"我已经为你注入了。"

伦先生听见这句话，便放心回到自己的屋里。他舍不得睡，提起乐器来，一口气就制成一曲。自己奏了又奏，觉得满意，才含着笑，到卧室去。

第二天早晨，他还没有盥漱，便又把昨晚上的作品奏过几遍；随即封好，教人邮到歌剧场去。

他的作品一发表出来，许多批评随着在报上登载八九天。那些批评都很恭维他：说他是这一派，那一派。可是他又苦起来了！

在深夜的时候，他又到池边去，垂头丧气地对着池水，从口中发出颤声说："我所用的音节，不能达我的意思么？呀，我的天才丢失了！再给我注入一点罢。"

“我已经为你注入了。”

他屡次求，心中只听得这句回答。每一作品发表出来，所得的批评，每每使他忧郁不乐。最后，他把乐器摔碎了，说：“我信我的天才丢了，我不再作曲子了。唉，我所依赖的，枉费你眷顾我了。”

自此以后，社会上再不能享受他的作品；他也不晓得往哪里去了。

暗 途

“我的朋友，且等一等，待我为你点着灯，才走。”

吾威听见他的朋友这样说，便笑道：“哈哈，均哥，你以我为女人么？女人在夜间走路才要用火；男子，又何必呢？不用张罗，我空手回去罢——省得以后还要给你送灯回来。”

吾威的村庄和均哥所住的地方隔着几重山，路途崎岖得很厉害。若是夜间要走那条路，无论是谁，都得带灯。所以均哥一定不让他暗中摸索回去。

均哥说：“你还是带灯好。这样的天气，又没有一点月影，在山中，难保没有危险。”

吾威说：“若想起危险，我就回去不成了。……”

“那么，你今晚上就住在我这里，如何？”

“不，我总得回去，因为我的父亲和妻子都在那边等着我呢。”

“你这个人，太过执拗了。没有灯，怎么去呢？”均哥一面说，一面把点着的灯切切地递给他。他仍是坚辞不受。

他说：“若是你定要叫我带着灯走，那教我更不敢走。”

“怎么呢?”

“满山都没有光，若是我提着灯走，也不过是照得三两步远；且要累得满山的昆虫都不安。若凑巧遇见长蛇也冲着火光走来，可又怎办呢?再说，这一点的光可以把那照不着的地方越显得危险，越能使我害怕。在半途中，灯一熄灭，那就更不好办了。不如我空着手走，初时虽觉得有些妨碍，不多一会，什么都可以在幽暗中辨别一点。”

他说完，就出门。均哥还把灯提在手里，眼看着他向密林中那条小路穿进去，才摇摇头说：“天下竟有这样怪人!”

吾威在暗途中走着，耳边虽常听见飞虫、野兽的声音，然而他一点害怕也没有。在蔓草中，时常飞些萤火出来，光虽不大，可也够了。他自己说：“这是均哥想不到，也是他所不能为我点的灯。”

那晚上他没有跌倒，也没有遇见毒虫野兽，安然地到他家里。

你为什么不来

在夭桃开透、浓荫欲成的时候，谁不想伴着他心爱的人出去游逛游逛呢？在密云不飞、急雨如注的时候，谁不愿在深闺中等她心爱的人前来细谈呢？

她闷坐在一张睡椅上，紊乱的心思像窗外的雨点——东抛，西织，来回无定。在有意无意之间，又顺手拿起一把九连环慵懒懒地解着。

丫头进来说：“小姐，茶点都预备好了。”

她手里还是慵懒懒地解着，口里却发出似答非答的声：“……他为什么还不来？”

除窗外的雨声，和她手中轻微的银环声以外，屋里可算静极了！在这幽静的屋里，忽然从窗外伴着雨声送来几句优美的歌曲：

> 你放声哭，
>
> 因为我把林中善鸣的鸟笼住么？
>
> 你飞不动，
>
> 因为我把空中的雁射杀么？

你不敢进我的门，
因为我家养狗提防客人么？
因为我家养猫捕鼠，
你就不来么？
因为我的灯火没有笼罩，
烧死许多美丽的昆虫
你就不来么？
你不肯来，
因为我有……

“有什么呢？”她听到末了这句，那紊乱的心就发出这样的问。她心中接着想：因为我约你，所以你不肯来；还是因为大雨，使你不能来呢？

海

我的朋友说："人的自由和希望，一到海面就完全失掉了！因为我们太不上算，在这无涯浪中无从显出我们有限的能力和意志。"

我说："我们浮在这上面，眼前虽不能十分如意，但后来要遇着的，或者超乎我们的能力和意志之外。所以在一个风狂浪骇的海面上，不能准说我们要到什么地方就可以到达什么地方；我们只能把性命先保持住，随着波涛颠来簸去便了。"

我们坐在一只不如意的救生船里，眼看着载我们到半海就毁坏的大船渐渐沉下去。

我的朋友说："你看，那要载我们到目的地的船快要歇息去了！现在在这茫茫的空海中，我们可没有主意啦。"

幸而同船的人，心忧得很，没有注意听他的话。我把他的手摇了一下说："朋友，这是你纵谈的时候么？你不帮着划桨么？"

"划桨么？这是容易的事。但要划到哪里去呢？"

我说："在一切的海里，遇着这样的光景，谁也没有带着主意下来，谁也脱不了在上面泛来泛去。我们尽管划罢。"

梨 花

她们还在园里玩，也不理会细雨丝丝穿入她们的罗衣。池边梨花的颜色被雨洗得更白净了，但朵朵都懒懒地垂着。

姊姊说：“你看，花儿都倦得要睡了！”

“待我来摇醒他们。”

姊姊不及发言，妹妹的手早已抓住树枝摇了几下。花瓣和水珠纷纷地落下来，铺得银片满地，煞是好玩。

妹妹说：“好玩啊，花瓣一离开树枝，就活动起来了！”

“活动什么？你看，花儿的泪都滴在我身上哪。”姊姊说这话时，带着几分怒气，推了妹妹一下。她接着说：“我不和你玩了；你自己在这里罢。”

妹妹见姊姊走了，直站在树下出神。停了半晌，老妈子走来，牵着她，一面走着，说：“你看，你的衣服都湿透了；在阴雨天，每日要换几次衣服，教人到哪里找太阳给你晒去呢？”

落下来的花瓣，有些被她们的鞋印入泥中；有些粘在妹妹身上，被她带走；有些浮在池面，被鱼儿衔入水里。那多情的燕子不歇把鞋印上的残瓣和软泥一同衔在口中，到梁间去，构成它们的香巢。

难解决的问题

我叫同伴到钓鱼矶去赏荷，他们都不愿意去，剩我自己走着。我走到清佳堂附近，就坐在山前一块石头上歇息。在瞻顾之间，小山后面一阵唧咕的声音夹着蝉声送到我耳边。

谁愿意在优游的天日中故意要找出人家的秘密呢？然而宇宙间的秘密都从无意中得来。所以在那时候，我不离开那里，也不把两耳掩住，任凭那些声浪在耳边荡来荡去。

辟头一声，我便听得：“这实是一个难解决的问题。……”

既说是难解决，自然要把怎样难的理由说出来。这理由无论是局内、局外人都爱听的。以前的话能否钻入我耳里，且不用说，单是这一句，使我不能不注意。

山后的人接下去说：“在这三位中，你说要哪一位才合适？……梅说要等我十年；白说要等到我和别人结婚那一天；区说非嫁我不可——她要终身等我。”

“那么，你就要区罢。”

“但是梅的景况，我很了解。她的苦衷，我应当原谅，她能为了我牺牲十年的光阴，从她的境遇看来，无论如何，是很可敬的。设使梅居区的地位，她也能说，要终身等我。”

“那么，梅、区都不要，要白如何？”

“白么？也不过是她的环境使她这样达观。设使她处着梅的景况，她也只能等我十年。”

会话到这里就停了。我的注意只能移到池上，静观那被轻风摇摆的芰荷。呀，叶底那对小鸳鸯正在那里歇午哪！不晓得它们从前也曾解决过方才的问题没有？不到一分钟，后面的声音又来了。

“那么，三个都要如何？”

“笑话，就是没有理性的兽类也不这样办。”

又停了许久。

“不经过那些无用的礼节，各人快活地同过这一辈子不成吗？”

“唔……唔……唔……这是后来的话，且不必提，我们先解决目前的困难罢。我实不肯故意辜负了三位中的一位。我想用拈阄的方法瞎挑一个就得了。”

“这不更是笑话吗？人间哪有这么新奇的事！她们三人中谁愿意遵你的命令，这样办呢？”

他们大笑起来。

“我们私下先拈一拈，如何？你权当做白，我自己权当做梅，剩下是区的分。”

他们由严重的密语化为滑稽的谈笑了。我怕他们要闹下坡来，不敢逗留在那里，只得先走，钓鱼矶也没去成。

爱就是刑罚

“这什么时候了，还埋头在案上写什么？快同我到海边去走走罢。”

丈夫尽管写着，没站起来，也没抬头对他妻子行个“注目笑”的礼。妻子跑到身边，要抢掉他手里的笔，他才说：“对不起，你自己去罢。船，明天一早就要开，今晚上我得把这几封信赶出来：十点钟还要送到船里的邮箱去。”

“我要人伴着我到海边去。”

“请七姨子陪你去。”

“七妹子说我嫁了，应当和你同行；她和别的同学先去了。我要你同我去。”

“我实在对不起你，今晚不能随你出去。”他们争执了许久，结果还是妻子独自出去。

丈夫低着头忙他的事体，足有四点钟工夫。那时已经十一点了，他没有进去看看那新婚的妻子回来了没有，披起大衣大踏步地出门去。

他回来，还到书房里检点一切，才进入卧房。妻子已先睡了。他们的约法：睡迟的人得亲过先睡者的嘴才许上床。所以这位少年走到床前，依法亲了妻子一下。妻子急用手在唇边来回擦了几下。那意思是表明她不受这个接吻。

丈夫不敢上床，呆呆地站在一边。一会，他走到窗前，两手支着下颔，点点的泪滴在窗棂上。他说："我从来没受过这样刑罚！……你的爱，到底在哪里？"

"你说爱我，方才为什么又刑罚我，使我孤零？"妻子说完，随即起来，安慰他说："好人，不要当真，我和你闹玩哪。爱就是刑罚，我们能免掉么？"

债

他一向就住在妻子家里，因为他除妻子以外，没有别的亲戚。妻家的人爱他的聪明，也怜他的伶仃，所以万事都尊重他。

他的妻子早已去世，膝下又没有子女。他的生活就是念书、写字，有时还弹弹七弦。他绝不是一个书呆子，因为他常要在书内求理解，不像书呆子只求多念。

妻子的家里有很大的花园供他游玩；有许多奴仆听他使令。但他从没有特意到园里游玩，也没有呼唤过一个仆人。

在一个阴郁的天气里，人无论在什么地方都不舒服的。岳母叫他到屋里闲谈，不晓得为什么缘故就劝起他来。岳母说："我觉得自从俪儿去世以后，你就比前格外客气。我劝你无须如此，因为外人不知道都要怪我。看你穿成这样，还不如家里的仆人，若有生人来到，叫我怎样过得去？倘或有人欺负你，说你这长那短，尽可以告诉我，我责罚他给你看。"

"我哪里懂得客气？不过我只觉得我欠的债太多，不好意思多要什么。"

"什么债？有人问你算账么？唉，你太过见外了！我看你和自己的子侄一样，你短了什么，尽管问管家的要去；若有人敢说闲话，我定不饶他。”

“我所欠的是一切的债。我看见许多贫乏人、愁苦人，就如该了他们无量数的债一般。我有好的衣食，总想先偿还他们。世间若有一个人吃不饱足，穿不暖和，住不舒服，我也不敢公然独享这具足的生活。”

“你说得太玄了！”她说过这话，停了半晌才接着点头说，“很好，这才是读书人‘先天下之忧而忧’的精神。……然而你要什么时候才还得清呢？你有清还的计划没有？”

“唔……唔……”他心里从来没有想到这个，所以不能回答。

“好孩子，这样的债，自来就没有人能还得清，你何必自寻苦恼？我想，你还是做一个小小的债主罢。说到具足生活，也是没有涯岸的：我们今日所谓具足，焉知不是明日的缺陷？你多念一点书就知道生命即是缺陷的苗圃，是烦恼的秧田；若要补修缺陷，拔除烦恼，除弃绝生命外，没有别条道路。然而，我们哪能办得到？个个人都那么怕死！你不要做这种非非想，还是顺着境遇做人去罢。”

“时间……计划……做人……”这几个字从岳母口里发出，他的耳鼓就如受了极猛烈的锥击。他想来想去，已想昏了。他为解决这事，好几天没有出来。

那天早晨，女佣端粥到他房里，没见他，心中非常疑惑。因为早晨，他没有什么地方可去：海边呢？他是不轻易到的。花园呢？他更不愿意在早晨去。因为丫头们都在那个时候到园里争摘好花去献给她们几位姑娘。他最怕见的是人家毁坏现成的东西。

女佣四围一望，蓦地看见一封信被留针刺在门上。她忙取下来，给别人一看，原来是给老夫人的。

她把信拆开，递给老夫人。上面写着：

亲爱的岳母：

你问我的话，教我实在想不出好回答。而且，因你这一问，使我越发觉得我所负的债更重。我想做人若不能还债，就得避债，决不能教债主把他揪住，使他受苦。若论还债，依我的力量、才能，是不济事的。我得出去找几个帮忙的人。如果不能找着，再想法子。现在我去了，多谢你栽培我这么些年。我的前途，望你记念；我的往事，愿你忘却。我也要时时祝你平安。

婿容融留字

老夫人念完这信，就非常愁闷。以后，每想起她的女婿，便好几天不高兴。但不高兴尽管不高兴，女婿至终没有回来。

暾将出兮东方

在山中住，总要起得早，因为似醒非醒地眠着，是山中各样的朋友所憎恶的。破晓起来，不但可以静观彩云的变幻；和细听鸟语的婉转；有时还从山巅、树表、溪影、村容之中给我们许多可说不可说的愉快。

我们住在山压檐牙阁里，有一次，在曙光初透的时候，大家还在床上眠着，耳边恍惚听见一队童男女的歌声，唱道：

榻上人，应觉悟！
晓鸡频催三两度。
君不见——
“暾将出兮东方”，
微光已透前村树？
榻上人，应觉悟！

往后又跟着一节和歌：

暾将出兮东方！
暾将出兮东方！

会见新曦被四表，

使我乐兮无央。

那歌声还接着往下唱，可惜离远了，不能听得明白。

啸虚对我说："这不是十年前你在学校里教孩子唱的么？怎么会跑到这里唱起来？"

我说："我也很诧异，因为这首歌，连我自己也早已忘了。"

"你的暮气满面，当然会把这歌忘掉。我看你现在要用赞美光明的声音去赞美黑暗哪。"

我说："不然，不然。你何尝了解我？本来，黑暗是不足诅咒，光明是毋须赞美的。光明不能增益你什么，黑暗不能妨害你什么，你以何因缘而生出差别心来？若说要赞美的话：在早晨就该赞美早晨；在日中就该赞美日中；在黄昏就该赞美黄昏；在长夜就该赞美长夜；在过去、现在、将来一切时间，就该赞美过去、现在、将来一切时间。说到诅咒，亦复如是。"

那时，朝曦已射在我们脸上，我们立即起来，计划那日的游程。

鬼赞

你们曾否在凄凉的月夜听过鬼赞？有一次，我独自在空山里走，除远处寒潭的鱼跃出水声略可听见以外，其余种种，都被月下的冷露幽闭住。我的衣服极其润湿，我两腿也走乏了。正要转回家中，不晓得怎样就经过一区死人的聚落。我因疲极，才坐在一个祭坛上少息。在那里，看见一群幽魂高矮不齐，从各坟墓里出来。他们仿佛没有看见我，都向着我所坐的地方走来。

他们从这墓走过那墓，一排排地走着，前头唱一句，后面应一句，和举行什么巡礼一样。我也不觉得害怕，但静静地坐在一旁，听他们的唱和。

第一排唱："最有福的是谁？"

往下各排挨着次序应。

"是那曾用过视官，而今不能辨明暗的。"

"是那曾用过听官，而今不能辨声音的。"

"是那曾用过嗅官，而今不能辨香味的。"

"是那曾用过味官，而今不能辨苦甘的。"

“是那曾用过触官，而今不能辨粗细、冷暖的。”

各排应完，全体都唱：“那弃绝一切感官的有福了！我们的骷髅有福了！”

第一排底幽魂又唱：“我们的骷髅是该赞美的。我们要赞美我们的骷髅。”

领首的唱完，还是挨着次序一排排地应下去。

“我们赞美你，因为你哭的时候，再不流眼泪。”

“我们赞美你，因为你发怒的时候，再不发出紧急的气息。”

“我们赞美你，因为你悲哀的时候再不皱眉。”

“我们赞美你，因为你微笑的时候，再没有嘴唇遮住你的牙齿。”

“我们赞美你，因为你听见赞美的时候再没有血液在你的脉里颤动。”

“我们赞美你，因为你不肯受时间的播弄。”

全体又唱：“那弃绝一切感官的有福了！我们的骷髅有福了！”

他们把手举起来一同唱：

“人哪，你在当生、来生的时候，有泪就得尽量流；有声就得尽量唱；有苦就得尽量尝；有情就得尽量施；有欲就得尽量取；有事就得尽量成就。等到你疲劳、等到你歇息的时候，你就有福了！”

他们诵完这段，就各自分散。一时，山中睡不熟的云直往下压，远地的丘陵都给埋没了。我险些儿也迷了路途，幸而有断断续续的鱼跃出水声从寒潭那边传来，使我稍微认得归路。

万物之母

在这经过离乱的村里，荒屋破篱之间，每日只有几缕零零落落的炊烟冒上来；那人口的稀少可想而知。你一进到无论哪个村里，最喜欢遇见的，是不是村童在阡陌间或园圃中跳来跳去；或走在你前头，或随着你步后模仿你的行动？村里若没有孩子们，就不成村落了。在这经过离乱的村里，不但没有孩子，而且有［人］向你要求孩子！

这里住着一个不满三十岁的寡妇，一见人来，便要求，说："善心善行的人，求你对那位总爷说，把我的儿子给回。那穿虎纹衣服、戴虎儿帽的便是我的儿子。"

她的儿子被乱兵杀死已经多年了。她从不会忘记：总爷把无情的剑拔出来的时候，那穿虎纹衣服的可怜儿还用双手招着，要她搂抱。她要跑去接的时候，她的精神已和黄昏的霞光一同麻痹而熟睡了。唉，最惨的事岂不是人把寡妇怀里的独生子夺过去，且在她面前害死吗？要她在醒后把这事完全藏在她记忆的多宝箱里，可以说，比剖芥子来藏须弥还难。

她的屋里排列了许多零碎的东西，当时她儿子玩过的小团也在其中。在黄昏时候，她每把各样东西抱在怀里说："我的儿，母亲岂有不救你，不保护你的？你现在在我怀里咧。不要做声，看一会人来又把你夺去。"可是一过了黄昏，她就立刻醒悟过来，知道那所抱的不是她的儿子。

那天，她又出来找她的"命"。月的光明蒙着她，使她在不知不觉间进入村后的山里。那座山，就是白天也少有人敢进去，何况在盛夏的夜间，杂草把樵人的小径封得那么严！她一点也不害怕，攀着小树，缘着茑萝，慢慢地上去。

她坐在一块大石上歇息，无意中给她听见了一两声的儿啼。她不及判别，便说："我的儿，你藏在这里么？我来了，不要哭啦。"

她从大石下来，随着声音的来处，爬入石下一个洞里。但是里面一点东西也没有。她很疲乏，不能再爬出来，就在洞里睡了一夜。

第二天早晨，她醒时，心神还是非常恍惚。她坐在石上，耳边还留着昨晚上的儿啼声。这当然更要动她的心，所以那方从霭云被里钻出来的朝阳无力把她脸上和鼻端的珠露晒干了。她在瞻顾中，才看出对面山岩上坐着一个穿虎纹衣服的孩子。可是她看错了！那边坐着的，是一只虎子；它的声音从那边送来很像儿啼。她立即离开所坐的地方，不管当中所隔的谷有多么深，尽管攀缘着，向那边去。不幸早露未干，所依附的都很湿滑，一失手，就把她溜到谷底。

她昏了许久才醒回来。小伤总免不了，却还能够走动。她爬着，看见身边暴露了一副小骷髅。

"我的儿，你方才不是还在山上哭着么？怎么你母亲来得迟一点，你就变成这样？”她把骷髅抱住，说，“呀，我的苦命儿，我怎能把你医治呢？”悲苦尽管悲苦，然而，自她丢了孩子以后，不能不算这是她第一次的安慰。

从早晨直到黄昏，她就坐在那里，不但不觉得饿，连水也没喝过。零星几点，已悬在天空，那天就在她的安慰中过去了。

她忽想起幼年时代，人家告诉她的神话，就立起来说：“我的儿，我抱你上山顶，先为你摘两颗星星下来，嵌入你的眼眶，教你看得见；然后给你找香象的皮肉来补你的身体。可是你不要再哭，恐怕给人听见，又把你夺过去。”

“敬姑，敬姑。”找她的人们在满山中这样叫了好几声，也没有一点声响。

“也许她被那只老虎吃了。”

“不，不对。前晚那只老虎是跑下来捕云哥圈里的牛犊被打死的。如果那东西把敬姑吃了，绝不再下山来赴死。我们再进深一点找罢。”

唉，他们的工夫白费了！

纵然找着她，若是她还没有把星星抓在手里，她心里怎能平安，怎肯随着他们回来？

春的林野

春光在万山环抱里，更是泄漏得迟。那里的桃花还是开着；漫游的薄云从这峰飞过那峰，有时稍停一会，为的是挡住太阳，教地面的花草在它的荫下避避光焰的威吓。

岩下的荫处和山溪的旁边满长了薇蕨和其他凤尾草。红、黄、蓝、紫的小草花点缀在绿茵上头。

天中的云雀，林中的金莺，都鼓起它们的舌簧。轻风把它们的声音挤成一片，分送给山中各样有耳无耳的生物。桃花听得入神，禁不住落了几点粉泪，一片一片凝在地上。小草花听得大醉，也和着声音的节拍一会倒，一会起，没有镇定的时候。

林下一班孩子正在那里捡桃花的落瓣哪。他们捡着，清儿忽嚷起来，道：“嘎，邕邕来了！”众孩子住了手，都向桃林的尽头盼望。果然邕邕也在那里摘草花。

清儿道：“我们今天可要试试阿桐的本领了。若是他能办得到，我们都把花瓣穿成一串璎珞围在他身上，封他为大哥如何？”

众人都答应了。

阿桐走到邕邕面前，道：“我们正等着你来呢。”

阿桐的左手盘在邕邕的脖上，一面走一面说：“今天他们要替你办嫁妆，教你做我的妻子。你能做我的妻子么?”

邕邕狠视了阿桐一下，回头用手推开他，不许他的手再搭在自己脖上。孩子们都笑得支持不住了。

众孩子嚷道：“我们见过邕邕用手推人了！阿桐赢了！”

邕邕从来不会拒绝人，阿桐怎能知道一说那话，就能使她动手呢？是春光的荡漾，把他这种心思泛出来呢？或者，天地之心就是这样呢?

你且看：漫游的薄云还是从这峰飞过那峰。

你且听：云雀和金莺的歌声还布满了空中和林中。

在这万山环抱的桃林中，除那班爱闹的孩子以外，万物把春光领略得心眼都迷蒙了。

花香雾气中的梦

在覆茅涂泥的山居里，那阻不住的花香和雾气从疏帘蹿进来，直扑到一对梦人身上。妻子把丈夫摇醒，说：“快起罢，我们的被褥快湿透了。怪不得我总觉得冷，原来太阳被囚在浓雾的监狱里不能出来。”

那梦中的男子，心里自有他的温暖，身外的冷与不冷他毫不介意。他没有睁开眼睛便说：“哎呀，好香！许是你桌上的素馨露洒了罢？”

“哪里？你还在梦中哪。你且睁眼看帘外的光景。”

他果然揉了眼睛，拥着被坐起来，对妻子说：“怪不得我净梦见一群女子在微雨中游戏。若是你不叫醒我，我还要往下梦哪。”

妻子也拥着她的绒被坐起来说：“我也有梦。”

“快说给我听。”

“我梦见把你丢了。我自己一人在这山中遍处找寻你，怎么也找不着。我越过山后，只见一个美丽的女郎挽着一篮珠子向各树的花叶上头乱撒。我上前去向她问你的下落，她笑着问我：

‘他是谁，找他干什么？’我当然回答，他是我的丈夫——”

“原来你在梦中也记得她！”他笑着说这话，那双眼睛还显出很滑稽的样子。

妻子不喜欢了。她转过脸背着丈夫说：“你说什么话！你老是要挑剔人家的话语，我不往下说了。”她推开绒被，随即呼唤丫头预备脸水。

丈夫速把她揪住，央求说：“好人，我再不敢了。你往下说罢。以后若再饶舌，情愿挨罚。”

“谁稀罕罚你？”妻子把这次的和平画押了。她往下说，“那女人对我说，你在山前柚花林里藏着。我那时又像把你忘了。……”

“哦，你又……不，我应许过不再说什么的：不然，我就要挨罚了。你到底找着我没有？”

“我没有向前走，只站在一边看她撒珠子。说来也很奇怪：那些珠子粘在各花叶上都变成五彩的零露，连我的身体也沾满了。我忍不住，就问那女郎。女郎说：东西还是一样，没有变化，因为你的心思前后不同，所以觉得变了。你认为珠子，是在我撒手之前，因为你想我这篮子绝不能盛得露水。你认为露珠时，在我撒手之后，因为你想那些花叶不能留住珠子。我告诉你：你所认的不在东西，乃在使用东西的人和时间；你所爱的，不在体质，乃在体质所表的情。你怎样爱月呢？是爱那悬在空中已经老死的暗球么？你怎样爱雪呢？是爱它那种砭人肌骨的凛冽么？”

“她一说到雪，我打了一个寒噤，便醒起来了。”

丈夫说：“到底没有找着我。”

妻子一把抓住他的头发，笑说：“这不是找着了吗？……我说，这梦怎样？”

“凡你所梦都是好的。那女郎的话也是不错。我们最愉快的时候岂不是在接吻后，彼此的凝视吗？”他向妻子痴笑，妻子把绒被拿起来，盖在他头上，说：“恶鬼！这会可不让你有第二次的凝视了。”

荼蘼

我常得着男子送给我的东西，总没有当他们做宝贝看。我的朋友师松却不如此，因为她从不曾受过男子的赠与。

自鸣钟敲过四下以后，山上礼拜寺的聚会就完了。男男女女像出圈的羊，急要下到山坡觅食一般。那边有一个男学生跟着我们走，他的正名字我忘记了，我只记得人家都叫他做“宗之”。他手里拿着一枝荼蘼，且行且嗅。荼蘼本不是香花，他嗅着，不过是一种无聊举动便了。

“松姑娘，这枝荼蘼送给你。”他在我们后面嚷着。松姑娘回头看见他满脸堆着笑容递着那花，就速速伸手去接。她接着说：“很多谢，很多谢。”宗之只笑着点点头，随即从西边的山径转回家去。

“他给我这个，是什么意思？”

“你想他有什么意思，他就有什么意思。”我这样回答她。走不多远，我们也分途各自回家去了。

她自下午到晚上不歇把弄那枝荼蘼。那花像有极大的魔力，不让她撒手一样。她要放下时，每觉得花儿对她说：“为什么离夺我？我不是从宗之手里递给你，交你照管的吗？”

呀，宗之的眼、鼻、口、齿、手、足、动作，没有一件不在花心跳跃着，没有一件不在她眼前的花枝显现出来！她心里说：“你这美男子，为甚缘故送给我这花儿？”她又想起那天经坛上的讲章，就自己回答说：“因为他顾念他使女的卑微，从今而后，万代要称我为有福。”

这是她爱荼蘼花，还是宗之爱她呢？我也说不清，只记得有一天我和宗之正坐在榕树根谈话的时候，他家的人跑来对他说：“松姑娘吃了一朵什么花，说是你给她的，现在病了。她家的人要找你去问话咧。”

他吓了一跳，也摸不着头脑，只说：“我哪时节给她东西吃？这真是……”

我说：“你细想一想。”他怎么也想不起来。我才提醒他说：“你前个月在斜道上不是给了她一朵荼蘼吗？”

“对呀，可不是给了她一朵荼蘼！可是我哪里教她吃了呢？”

“为什么你单给她，不给别人？”我这样问他。

他很直接地说：“我并没有什么意思，不过随手摘下，随手送给别人就是了。我平素送了许多东西给人，也没有什么事：怎么一朵小小的荼蘼就可使她着了魔？”

他还坐在那里沉吟，我便促他说：“你还能在这里坐着么？不管她是误会，你是有意，你既然给了她，现在就得去看她一看才是。”

“我哪有什么意思？”

我说：“你且去看看罢。蚌蛤何尝立志要生珠子呢？也不过是外间的沙粒偶然渗入他的壳里，他就不得不用尽工夫分泌些黏液把那小沙裹起来罢了。你虽无心，可是你的花一到她手里，管保她不因花而爱起你来吗？你敢保她不把那花当做你所赐给爱的标识，就纳入她的怀中，用心里无限的情思把他围绕得非常严密吗？也许她本无心，但因你那美意的沙无意中掉在她爱的贝壳里，使她不得不如此。不用踌躇了，且去看看罢。”

宗之这才站起来，皱一皱他那副冷静的脸庞，跟着来人从林菁的深处走出去了。

七宝池上的乡思

弥陀说:“极乐世界的池上,
何来凄切的泣声?
迦陵频迦,你下去看看
是谁这样猖狂。”
于是迦陵频迦鼓着翅膀,
飞到池边一棵宝树上,
还歇在那里,引颈下望:
“咦,佛子,你岂忘了这里是天堂?
你岂不爱这里的宝林成行?
树上的花花相对,
叶叶相当?
你岂不闻这里有等等妙音充耳:
岂不见这里有等等庄严宝相?
住这样具足的乐土,
为何尽自悲伤?”
坐在宝莲上的少妇还自啜泣,合掌回答说:

“大士，这里是你的家乡，
在你，当然不觉得有何等苦况。
我的故土是在人间，
怎能教我不哭着想？

“我要来的时候，
我全身都冷却了；
但我的夫君，还用他温暖的手将我搂抱；
用他融溶的泪滴在我额头。

“我要来的时候，
我全身都挺直了；
但我的夫君，还把我的四肢来回曲挠。

“我要来的时候，
我全身的颜色，已变得直如死灰；
但我的夫君还用指头压我的两颊，
看看从前的粉红色能否复回。

“现在我控天坐在这里，
不时听见他的悲啼。
唉，我额上的泪痕，
我臂上的暖气，
我脸上的颜色，

我全身的关节，
都因着我夫君的声音，
烧起来，溶起来了！
我指望来这里享受快乐，
现在反憔悴了！

“呀，我要回去，
我要回去
我要回去止住他的悲啼。
我巴不得现在就回去止住他的悲啼。”

迦陵频迦说：
“你且静一静，
我为你吹起天笙，
把你心中愁闷的垒块平一平；
且化你耳边的悲啼为欢声。
你且静一静，
我为你吹这天笙。”

“你的声不能变为爱的喷泉，
不能灭我身上一切爱痕的烈焰；
也不能变为忘的深渊，
使他将一切情愫投入里头，
不再将人惦念。

我还得回去和他相见，
去解他的眷恋。”

“呵，你这样有情，
谁还能对你劝说
向你拦禁？
回去罢，须记得这就是轮回因。”

弥陀说：“善哉，迦陵！
你乃能为她说这大因缘！
纵然碎世界为微尘，
这微尘中也住着无量有情。
所以世界不尽，有情不尽；
有情不尽，轮回不尽；
轮回不尽，济度不尽；
济度不尽，乐土乃能显现不尽。”

话说完，莲瓣渐把少妇裹起来，再合成一朵菡萏低垂着。微风一吹，他荏弱得支持不住，便堕入池里。

迦陵频迦好像记不得这事，在那花花相对、叶叶相当的林中，向着别的有情歌唱去了。

银翎的使命

黄先生约我到狮子山麓阴湿的地方去找捕蝇草。那时刚过梅雨之期，远地青山还被烟霞蒸着，唯有几朵山花在我们眼前淡定地看那在溪涧里逆行的鱼儿喋着他们的残瓣。

我们沿着溪涧走。正在找寻的时候，就看见一朵大白花从上游顺流而下。我说："这时候，哪有偌大的白荷花流着呢?"

我的朋友说："你这近视鬼！你准看出那是白荷花么？我看那是……"

说时迟，来时快，那白的东西已经流到我们跟前。黄先生急把采集网拦住水面；那时，我才看出是一只鸽子。他从网里把那死的飞禽取出来，诧异说："是谁那么不仔细，把人家的传书鸽打死了!"他说时，从鸽翼下取出一封长的小信来，那信已被水浸透了；我们慢慢把它展开，披在一块石上。

"我们先看看这是从哪里来，要寄到哪里去的，然后给他寄去，如何?"我一面说，一面看着。但那上头不特地址没有，甚至上下的款识也没有。

黄先生说："我们先看看里头写的是什么，不必讲私德了。"

我笑着说："是，没有名字的信就是公的；所以我们也可以批阅一遍。"

于是我们一同念着：

你教昆儿带银翎、翠翼来，吩咐我，若是他们空着回去，就是我还平安的意思。我恐怕他知道，把这两只小宝贝寄在霞妹那里；谁知道前天她开笼搁饲料的时候，不提防把翠翼放走了！

嗳，爱者，你看翠翼没有带信回去，定然很安心，以为我还平安无事。我也很盼望你常想着我的精神和去年一样。不过现在不能不对你说的，就是过几天人就要把我接去了！我不得不叫你速速来和他计较。你一来，什么事都好办了。因为他怕的是你和他讲理。

嗳，爱者，你见信以后，必得前来，不然，就见我不着；以后只能在累累荒冢中读我的名字了，这不是我不等你，时间不让我等你哟！

我盼望银翎平平安安地带着他的使命回去。

我们念完，黄先生道："这是怎么一回事？"

"谁能猜呢？反正是不幸的事罢了。现在要紧的，就是怎样处置这封信。我想把他贴在树上，也许有知道这事的人经过这里，可以把他带去。"我摇着头，且轻轻地把信揭起。

黄先生说："不如拿到村里去打听一下，或者容易找出一点线索。"

我们商量之下，就另抄一张起来，仍把原信系在鸽翼底下。

黄先生用采掘锹子在溪边挖了一个小坑，把鸽子葬在里头。回头为他立了一座小碑，且从水中淘出几块美丽的小石压在墓上。那墓就在山花盛开的地方，我一翻身，就把些花瓣摇下来，也落在这使者的墓上。

美的牢狱

嬿求正在镜台边理她的晨妆，见她的丈夫从远地回来，就把头拢住，问道："我所需要的你都给带回来了没有？"

"对不起！你虽是一个建筑师，或泥水匠，能为你自己建筑一座'美的牢狱'；我却不是一个转运者，不能为你搬运等等材料。"

"你念书不是念得越糊涂，便是越高深了！怎么你的话，我一点也听不懂？"

丈夫含笑说："不懂么？我知道你开口爱美，闭口爱美，多方地要求我给你带等等装饰回来；我想那些东西都围绕在你的体外，合起来，岂不是成为一座监禁你的牢狱吗？"

她静默了许久，也不做声。她的丈夫往下说："妻呀，我想你还不明白我的意思。我想所有美丽的东西，只能让他们散布在各处，我们只能在他们的出处爱它们：若是把他们聚拢起来，搁在一处，或在身上，那就不美了。……"

她睁着那双柔媚的眼，摇着头说："你说得不对。你说得不对。若不剖蚌，怎能得着珠玑呢？若不开山，怎能得着金刚、玉石、玛瑙等等宝物呢？而且那些东西，本来不美，必得人把他们琢磨出来，加以装饰，才能显得美丽咧。若说我要装饰，就是建筑一所美的牢狱，且把自己监在里头，且问谁不被监在这种牢狱里头呢？如果世间真有美的牢狱，像你所说，那么，我们不过是造成那牢狱的一沙一石罢了。”

“我的意思就是听其自然，连这一沙一石也毋须留存。孔雀何为自己修饰羽毛呢？芰荷何尝把他的花染红了呢？”

“所以说他们没有美感！我告诉你，你自己也早已把你的牢狱建筑好了。”

“胡说！我何曾？”

“你心中不是有许多好的想象，不是要照你的好理想去行事么？你所有的，是不是从古人曾经建筑过的牢狱里拣出其中的残片？或是在自己的世界取出来底材料呢？自然要加上一点人为才能有意思。若是我的形状和荒古时候的人一样，你还爱我吗？我准敢说，你若不好好地住在你的牢狱里头，且不时时把牢狱的墙垣垒得高高的，我也不能爱你。”

刚愎的男子，你何尝佩服女子的话？你不过会说：“就是你会说话！等我思想一会儿，再与你决战。”

补破衣的老妇人

她坐在檐前，微微的雨丝飘飒下来，多半聚在她脸庞的皱纹上头。她一点也不理会，尽管收拾她的笸子。

在她的笸子里有很美丽的零剪绸缎，也有很粗陋的麻头、布尾。她从没有理会雨丝在她头、面、身体之上乱扑；只提防着笸里那些好看的材料沾湿了。

那边来了两个小弟兄。也许他们是学校回来。小弟弟管她叫做“衣服的外科医生”；现在见她坐在檐前，就叫了一声。

她抬起头来，望着这两个孩子笑了一笑。那脸上的皱纹虽皱得更厉害，然而生的痛苦可以从那里挤出许多，更能表明她是一个享乐天年的老婆子。

小弟弟说：“医生，你只用笸里的材料在别人的衣服上，怎么自己的衣服却不管了？你看你肩脖补的那一块又该掉下来了。”

老婆子摩一摩自己的肩脖，果然随手取下一块小方布来。她笑着对小弟弟说：“你的眼睛实在精明！我这块原没有用线缝住；因为早晨忙着要出来，只用浆子暂时糊着，盼望晚上回去弥补：不提防雨丝替我揭起来了！……这揭得也不错。我，既如你所说，是一个衣服的外科医生，那么，我是不怕自己的衣服害病的。”

她仍是整理筐里的零剪绸缎，没理会雨丝零落在她身上。

哥哥说：“我看爸爸的手册里夹着许多的零剪文件：他也是像你一样：不时地翻来翻去。他……”

弟弟插嘴说：“他也是另一样的外科医生。”

老婆子把眼光射在他们身上，说：“哥儿们，你们说得对了。你们的爸爸爱惜小册里的零碎文件，也和我爱惜筐里的零剪绸缎一般。他凑合多少地方的好意思，等用得着时，就把他们编连起来，成为一种新的理解。所不同的，就是他用的头脑，我用的只是指头便了。你们叫他做……”

说到这里，父亲从里面出来，问起事由，便点头说：“老婆子，你的话很中肯要。我们所为，原就和你一样，东搜西罗，无非是些绸头、布尾，只配用来补补破衲袄罢了。”

父亲说完，就下了石阶，要在微雨中到葡萄园里，看看他的葡萄长芽了没有。这里孩子们还和老婆子争论着要号他们的爸爸做什么样医生。

光的死

光离开他的母亲去到无量无边，一切生命的世界上。因为他走的时候脸上常带着很忧郁的容貌，所以一切能思维、能造作的灵体也和他表同情，一见他，都低着头容他走过去，甚至带着泪眼避开他。

光因此更烦闷了。他走得越远，力量越不足；最后，他躺下了。他躺下的地方，正在这块大地。在他旁边有几位聪明的天文家互相议论说："太阳的光，快要无所附丽了，因为他冷死的时期一天近似一天了。"

光垂着头，低声诉说："唉，诸大智者，你们为何净在我母亲和我身上担忧？你们岂不明白我是为饶益你们而来么？你们从没有［在］我面前做过我曾为你们做的事。你们没有接纳我，也没有……

他母亲在很远的地方，见他躺在那里叹息，就叫他回去说："我的命儿，我所爱的，你回去罢。我一天一天任你自由地离开我，原是为众生的益处；他们既不承受，你何妨回来？"

光回答说："母亲，我不能回去了。因为我走遍了一切世界，遇见一切能思维、能造作的灵体，到现在还没有一句话能够对你回报。不但如此，这里还有人正咒诅我们哪！我哪有面目回去呢？我就安息在这里罢。”

他的母亲听见这话，一种幽沉的颜色早已现在脸上。他从地上慢慢走到海边，带着自己的身体、威力，一分一厘地浸入水里。

母亲也跟着晕过去了。

再会

靠窗棂坐着那位老人家是一位航海者，刚从海外归来的。他和萧老太太是少年时代的朋友，彼此虽别离了那么些年，然而他们会面时，直像忘了当中经过的日子。现在他们正谈起少年时代的旧话。

“蔚明哥，你不是二十岁的时候出海的么?”她屈着自己的指头，数了一数，才用那双被阅历染浊了的眼睛看着她的朋友说，“呀,四十五年就像我现在数着指头一样地过去了!”

老人家把手捋一捋胡子，很得意地说：“可不是！……记得我到你家辞行那一天，你正在园里饲你那只小鹿；我站在你身边一棵正开着花的枇杷树下，花香和你头上的油香杂窜入我的鼻中。当时，我的别绪也不晓得要从哪里说起；但你只低头抚着小鹿。我想你那时也不能多说什么，你竟然先问一句：‘要等到什么时候我们再能相见呢?’我就慢答道：‘毋须多少时候。’那时，你……”

老太太截着说：“那时候的光景我也记得很清楚。当你说这句的时候，我不是说‘要等再相见时，除非是黑墨有洗得白的时节’。哈哈！你去时，那缕漆黑的头发现在岂不是已被海水洗白了么?”

老人家摸摸自己的头顶，说：“对啦！这也算应验哪！可惜我总不［见］着芳哥，他过去多少年了?”

“唉，久了！你看我已经抱过四个孙儿了。”她说时，看着窗外几个孩子在瓜棚下玩，就指着那最高的孩子说，“你看鼎儿已经十二岁了，他公公就在他弥月后去世的。”

他们谈话时，丫头端了一盘牡蛎煎饼来。老太太举手嚷着蔚明哥说：“我定知道你的嗜好还没有改变，所以特地为你做这东西。你记得我们少时，你母亲有一天做这样的饼给我们吃。你拿一块，吃完了才嫌饼里的牡蛎少，助料也不如我的多，闹着要把我的饼抢去。当时，你母亲说了一句话，教我常常忆起，就是‘好孩子，算了罢。助料都是搁在一起渗匀的。做的时候，谁有工夫把分量细细去分配呢？这自然是免不了有些多，有些少的；只要饼的气味好就够了。你所吃的原不定就是为你做的，可是你已经吃过，就不能再要了’。蔚明哥，你说末了这话多么感动我呢！拿这个来比我们的境遇罢：境遇虽然一个一个排列在面前，容我们有机会选择，有人选得好，有人选得歹，可是选定以后，就不能再选了。”

老人家拿起饼来吃，慢慢地说：“对啦！你看我这一生净在海面生活，生活极其简单，不像你这么繁复，然而我还是像当时吃那饼一样——也就饱了。”

“我想我老是多得便宜。我的‘境遇的饼’虽然多一些助料，也许好吃一些，但是我的饱足是和你一样的。”

谈旧事是多么开心的事！看这光景，他们像要把少年时代的事迹一一回溯一遍似的。但外面的孩子们不晓得因什么事闹起来，老太太先出去做判官；这里留着一位矍铄的航海者静静地坐着吃他的饼。

桥边

我们住的地方就在桃溪溪畔。夹岸遍是桃林：桃实、桃叶映入水中，更显出溪边的静谧。真想不到仓皇出走的人还能享受这明媚的景色！我们日日在林下游玩；有时踱过溪桥，到朋友的蔗园里找新生的甘蔗吃。

这一天，我们又要到蔗园去，刚踱过桥，便见阿芳——蔗园的小主人——很忧郁地坐在桥下。

“阿芳哥，起来领我们到你园里去。”他举起头来，望了我们一眼，也没有说什么。

我哥哥说：“阿芳，你不是说你一到水边就把一切的烦闷都洗掉了吗？你不是说，你是水边的蜻蜓么？你看歇在水荭花上那只蜻蜓比你怎样？”

“不错。然而今天就是我第一次的忧闷。”

我们都下到岸边，围绕住他，要打听这回事。他说：“方才红儿掉在水里了！”红儿是他的腹婚妻，天天都和他在一块儿玩的。我们听了他这话，都惊讶得很。哥哥说：“那么，你还能在这里闷坐着吗？还不赶紧去叫人来？”

“我一回去，我妈心里的忧郁怕也要一颗一颗地结出来，像桃实一样了。我宁可独自在此忧伤，不忍使我妈妈知道。”

我的哥哥不等说完，一股气就跑到红儿家里。这里阿芳还在皱着眉头，我也眼巴巴地望着他，一声也不响。

“谁掉在水里啦?”

我一听，是红儿的声音，速回头一望，果然哥哥携着红儿来了！她笑眯眯地走到芳哥跟前，芳哥像很惊讶地望着她。很久，他才出声说：“你的话不灵了么？方才我贪着要到水边看看我的影儿，把他搁在树上，不留神轻风一摇，把他摇落水里。他随着流水往下流去；我回头要抱他，他已不在了。”

红儿才知道掉在水里的是她所赠与的小团。她曾对阿芳说那小团也叫红儿，若是把他丢了，便是丢了她。所以芳哥这么谨慎看护着。

芳哥实在以红儿所说的话是千真万真的，看今天的光景，可就教他怀疑了。他说：“哦，你的话也是不准的！我这时才知道丢了你的东西不算丢了你，真把你丢了才算。”

我哥哥对红儿说：“无意的话倒能教人深信：芳哥对你的信念，头一次就在无意中给你打破了。”

红儿也不着急，只优游地说：“信念算什么？要真相知才有用哪。……也好，我借着这个就知道他了。我们还是到蔗园去罢。”

我们一同到蔗园去，芳哥方才的忧郁也和糖汁一同吞下去了。

头发

这村里的大道今天忽然点缀了许多好看的树叶，一直达到村外的麻栗林边。村里的人，男男女女都穿得很整齐，像举行什么大节期一样。但六月间没有重要的节期，婚礼也用不着这么张罗，到底是为甚事？

那边的男子们都唱着他们的歌，女子也都和着。我只静静地站在一边看。

一队兵押着一个壮年的比丘从大道那头进前。村里的人见他来了，歌唱得更大声。妇人们都把头发披下来，争着跪在道旁，把头发铺在道中，从远一望，直像整匹的黑练摊在那里。那位比丘从容地从众女人的头发上走过，后面的男子们都嚷着："可赞美的孔雀旗呀！"

他们这一嚷就把我提醒了。这不是倡自治的孟法师入狱的日子吗？我心里这样猜，赶到他离村里的大道远了，才转过篱笆的西边。刚一拐弯，便遇着一个少女摩着自己的头发，很懊恼地站在那里。我问她说："小姑娘，你站在此地，为你们的大师伤心么？"

“固然。但是我还咒诅我的头发为什么偏生短了，不能摊在地上，教大师脚下的尘土留下些少在上头。你说今日村里的众女子，哪一个不比我荣幸呢?”

“这有什么荣幸?若你有心恭敬你的国土和你的大师就够了。”

“咦！静藏在心里的恭敬是不够的。”

“那么，等他出狱的时候，你的头发就够长了。”

女孩子听了，非常喜欢，至于跳起来说：“得先生这一祝福，我的头发在那时定能比别人长些。多谢了!”

她跳着从篱笆对面的流连子园去了。我从西边一直走，到那麻栗林边。那里的土很湿，大师的脚印和兵士的鞋印在上头印得很分明。

疲倦的母亲

那边一个孩子靠近车窗坐着，远山，近水，一幅一幅，次第嵌入窗户，射到他的眼中。他手画着，口中还咿咿哑哑地，唱些没字曲。

在他身边坐着一个中年妇人，去［支］着头瞌睡。孩子转过脸来，摇了她几下，说："妈妈，你看看，外面那座山很像我家门前的呢。"

母亲举起头来，把眼略睁一睁：没有出声，又支着颐睡去。

过一会，孩子又摇她，说："妈妈，'不要睡罢，看睡出病来了'。你且睁一睁眼看看外面八哥和牛打架呢。"

母亲把眼略略睁开，轻轻打了孩子一下；没有做声，又支着头睡去。

孩子鼓着腮，很不高兴。但过一会，他又唱起来了。

"妈妈，听我唱歌罢。"孩子对着她说了，又摇她几下。

母亲带着不喜欢的样子说："你闹什么？我都见过，都听过，都知道了；你不知道我很疲乏，不容我歇一下么？"

孩子说："我们是一起出来的，怎么我还顶精神，你就疲乏起来？难道大人不如孩子么？"

车还在深林平畴之间穿行着。车中的人，除那孩子和一二个旅客以外，少有不像他母亲那么酣睡的。

处女的恐怖

深沉院落，静到极地；虽然我的脚步走在细草之上，还能惊动那伏在绿丛里的蜻蜓。我每次来到庭前，不是听见投壶的音响，便是闻得四弦的颤动；今天，连窗上铁马的轻撞声也没有了！

我心里想着这时候小坡必定在里头和人下围棋，于是轻轻走着，也不声张，就进入屋里。出乎主人的意想，跑去站在他后头，等他蓦然发觉，岂不是很有趣？但我轻揭帘子进去时，并不见小坡，只见他的妹子伏在书案上假寐。我更不好声张，还从原处蹑出来。

走不远，方才被惊的蜻蜓就用那碧玉琢成的一千只眼瞧着我。一见我来，他又鼓起云母的翅膀飞得飒飒作响。可是破岑寂的，还是屋里大踏大步的声音。我心知道小坡的妹子醒了，看见院里有客，紧紧要回避，所以不敢回头观望，让她安然走入内衙。

“四爷，四爷，我们太爷请你进来坐。”我听得是玉笙的声音，回头便说：“我已经进去了，太爷不在屋里。”

“太爷随即出来，请到屋里一候。”她揭开帘子让我进去。果然他的妹子不在了！丫头刚走到衙内院子的光景，便有一股柔和而带笑的声音送到我耳边说：“外面伺候的人一个也没有；好在是西衙的四爷，若是生客，教人怎样进退？”

来的无论生熟，都是朋友，又怕什么？我认得这是玉笙回答她小姐的话语。

“女子怎能不怕男人，敢独自一人和他们应酬么？”

“我又何尝不是女子？你不怕，也就没有什么。”

我才知道她并不曾睡去，不过回避不及，装成那样的。我走近案边，看见一把画未成的纨扇搁在上头。正要坐下，小坡便进来了。

“老四，失迎了。舍妹跑进去，才知道你来。”

“岂敢，岂敢。请原谅我的莽撞。”我拿起纨扇问道，“这是令妹写的？”

“是。她方才就在这里写画。笔法有什么缺点，还求指教。”

“指教倒不敢：总之，这把扇是我捡得的，是没有主的，我要带他回去。”我摇着扇子这样说。

“这不是我的东西，不干我事。我叫她出来与你当面交涉。”小坡笑着向帘子那边叫，“九妹，老四要把你的扇子拿去了！”

他妹从里面出来，我忙趋前几步——赔笑，行礼。我说：“请饶恕我方才的唐突。”她没做声，尽管笑着。我接着说：“令兄应许把这扇送给我了。”

小坡抢着说：“不！我只说你们可以直接交涉。”

她还是笑着，没有做声。

我说：“请九姑娘就案一挥，把这画完成了，我好立刻带走。”

但她仍不做声。她哥哥不耐烦，促她说：“到底是允许人家是不允许，尽管说，害什么怕?”妹子扫了他一眼，说：“人家就是这么害怕嘿。”她对我说，“这是不成东西的，若是要，我改天再奉上。”

我速速说：“够了，我不要更好的了。你既然应许，就将这一把赐给我罢。”于是她仍旧坐在案边，用丹青来染那纨扇。我们都在一边看她运笔。小坡笑着对妹子说：“现在可不怕人了。”

“当然。”她含笑对着哥哥。自这声音发出以后，屋里、庭外，都非常沉寂；窗前也没有铁马的轻撞声。所能听见的只有画笔在笔洗里拨水的微响，和颜色在扇上的运行声。

我想

我想什么？

我心里本有一条达到极乐园地的路，从前曾被那女人走过的；现在那人不在了，这条路不但是荒芜，并且被野草，闲花、棘枝、绕藤占据得找不出来了！

我许久就想着这条路，不单是开给她走的，她不在，我岂不能独自采往？

但是野草、闲花这样美丽、香甜，我怎舍得把他们去掉呢？棘枝、绕藤又那样横逆、蔓延，我手里又没有器械，怎敢惹他们呢？我想独自在那路上徘徊，总没有实行的日子。

日子一久，我连那条路的方向也忘了。我只能日日跑到路口那个小池的岸边静坐，在那里怅望，和沉思那草掩、藤封的道途。

狂风一吹，野花乱坠，池中锦鱼道是好饵来了，争着上来唼喋。我所想的，也浮在水面被鱼喋入口里；复幻成泡沫吐出来，仍旧浮回空中。

鱼还是活活泼泼地游；路又不肯自己开了；我更不能把所

想的撇在一边。呀！

我定睛望着上下游泳的锦鱼：我的回想也随着上下游荡。

呀，女人！你现在成为我“记忆的池”中的锦鱼了。你有时浮上来，使我得以看见你；有时沉下去，使我费神猜想你是在某片落叶的下，或某块沙石之间。

但是那条路的方向我早忘了，我只能每日坐在池边，盼望你能从水底浮上来。

乡曲的枉言

在缄市住久了，每要害起村庄的相思病来。我喜欢到村庄去，不单是贪玩那不染尘垢的山水；并且爱和村里的人攀谈。我常想着到村里听庄稼人说两句愚拙的话语，胜过在郡邑里领受那些智者的高谈大论。

这日，我们又跑到村里拜访耕田的隆哥。他是这小村的长者，自己耕着几亩地，还艺一所菜园。他的生活倒是可以羡慕的。他知道我们不愿意在他矮陋的茅茆［屋］里，就让我们到篱外的瓜棚的下坐坐。

横空的长虹从前山的凹处吐出来，七色的影印在清潭的水面。我们正凝神看着，蓦然听得隆哥好像对着别人说：“冲那边走罢，这里有人。”

“我也是人，”为何这里就走不得？我们转过脸来，那人已站在我们跟前。那人一见我们，应行的礼，他也懂得。我们问过他的姓名，请他坐。隆哥看见这样，也就不做声了。

我们看他不像平常人，但他有什么毛病，我们也无从说起。他对我们说：“自从我回来，村里的人不晓得当我做个什么。我想我并没有坏意思，我也不打人，也不叫人吃亏，也不占人便宜，怎么他们就这般地欺负我——连路也不许我走?”

和我同来的朋友问隆哥说：“他的职业是什么?”隆哥还没做声，他便说：“我有事做，我是有职业的人。”说着，便从口袋里掏出一本小折子来，对我的朋友说，“我是做买卖的。我做了许久了，这本折子里所记的账不晓得是人该我的，还是我该人的，我也记不清楚，请你给我看看。”他把折子递给我的朋友，我们一同看，原来是同治年间的废折！我们忍不住大笑起来，隆哥也笑了。

隆哥怕他招笑话，想法子把他哄走。我们问起他的来历，隆哥说他从少在天津做买卖，许久没有消息，前几天刚回来的。我们才知道他是村里新回来的一个狂人。

隆哥说：“怎么一个好好的人到城市里就变成一个疯子回来?我听见人家说城里有什么疯人院，是造就这种疯子的。你们住在城里，可知道有没有这回事?”

我回答说：“笑话！疯人院是人疯了才到里边去：并不是把好好的人送到那里教疯了放出来的。”

“既然如此，为何他不到疯人院里住，反跑回来，到处骚扰?”

“那我可不知道了。”我回答时，我的朋友同时对他说：“我们也是疯人，为何不到疯人院里住?”

隆哥很诧异地问：“什么?”

我的朋友对我说：“我这话，你说对不对?认真说起来，我们何尝不狂?要是方才那人才不狂呢。我们心里想什么，口又不敢说，手也不敢动，只会装出一副脸孔；倒不如他想说什么便说什么，想做什么就做什么，那分诚实，是我们做不到的。我们若想起我们那些受拘束而显出来的动作，比起他那真诚的自由行动，岂不是我们倒成了狂人？这样看来，我们才疯，他并不疯。”

隆哥不耐烦地说：“今天我们都发狂了，说那个干什么？我们谈别的罢。”

瓜棚的下闲谈，不觉把印在水面长虹惊跑了。隆哥的儿子赶着一对白鹅向潭边来。我的精神又贯注在那纯净的家禽身上。鹅见着水也就发狂了。他们互叫了两声，便拍着翅膀趋入水里，把静明的镜面踏破。

生

我的生活好像一棵龙舌兰，一叶一叶慢慢地长起来。某一片叶在一个时期曾被那美丽的昆虫做过巢穴；某一片叶曾被小鸟们歇在上头歌唱过。现在那些叶子都落掉了！只有瘢楞的痕迹留在干上，人也忘了某叶曾经显过的样子；那些叶子曾经历过的事迹唯有龙舌兰自己可以记忆得来，可是他不能说给别人知道。

我的生活好像我手里这管笛子。他在竹林里长着的时候，许多好鸟歌唱给他听；许多猛兽长啸给他听；甚至天中的风雨雷电都不时教给他发音的方法。

他长大了，一切教师所教的都纳入他的记忆里。然而他身中仍是空空洞洞，没有什么。

做乐器者把他截下来，开几个气孔，搁在唇边一吹，他从前学的都吐露出来了。

公理战胜

那晚上要举行战胜纪念第一次的典礼，不曾尝过战苦的人们争着要尝一尝战后的甘味。式场前头的人，未到七点钟，早就挤满了。

那边一个声音说："你也来了！你可是为庆贺公理战胜来的?"这边随着回答道："我只来瞧热闹，管他公理战胜不战胜。"

在我耳边恍惚有一个说话带乡下土腔的说："一个洋皇上生日倒比什么都热闹!"

我的朋友笑了。

我郑重地对他说："你听这愚拙的话，倒很入理。"

"我也信——若说战神是洋皇帝的话。"

人声，乐声，枪声，和等等杂响混在一处，几乎把我们的耳鼓震裂了。我的朋友说："你看，那边预备放烟花了，我们过去看看罢。"

我们远远站着，看那红黄蓝白诸色火花次第地冒上来。"这真好，这真好!"许多人都是这样颂扬。但这是不是颂扬公理战胜？

旁边有一个人说：“你这灿烂的烟花，何尝不是地狱的火焰？若是真有个地狱，我想其中的火焰也是这般好看。”

我的朋友低声对我说：“对呀，这烟花岂不是从纪念战死的人而来的？战死的苦我们没有尝到，由战死而显出来的地狱火焰我们倒看见了。”

我说：“所以我们今晚来，不是要趁热闹，乃是要凭吊那班愚昧可怜的牺牲者。”

谈论尽管谈论，烟花还是一样地放。我们的声音常是沦没在腾沸的人海里。

面 具

人面原不如那纸制的面具哟！你看那红的，黑的，白的，青的，喜笑的，悲哀的，目眦怒得欲裂的面容，无论你怎样褒奖，怎样弃嫌，他们一点也不改变。红的还是红，白的还是白，目眦欲裂的还是目眦欲裂。

人面呢？颜色比那纸制的小玩意儿好而且活动，带着生气。可是你褒奖他的时候，他虽是很高兴，脸上却装出很不愿意的样子；你指摘他的时候，他虽是懊恼，脸上偏要显出勇于纳言的颜色。

人面到底是靠不住呀！我们要学面具，但不要戴他，因为面具后头应当让他空着才好。

落花生

我们屋后有半亩隙地。母亲说:“让他荒芜着怪可惜,既然你们那么爱吃花生,就辟来做花生园罢。”我们几姊弟和几个小丫头都很喜欢——买种的买种,动土的动土,灌园的灌园;过不了几个月,居然收获了!

妈妈说:“今晚我们可以做一个收获节,也请你们爹爹来尝尝我们的新花生,如何?”我们都答应了。母亲把花生做成好几样的食品,还吩咐这节期要在园里的茅亭举行。

那晚上的天色不大好,可是爹爹也到来,实在很难得!爹爹说:“你们爱吃花生么?”

我们都争着答应:“爱!”

“谁能把花生的好处说出来?”

姊姊说:“花生的气味很美。”

哥哥说:“花生可以制油。”

我说:“无论何等人都可以用贱价买他来吃;都喜欢吃他。这就是他的好处。”

爹爹说:“花生的用处固然很多,但有一样是很可贵的。

这小小的豆不像那好看的苹果、桃子、石榴，把他们的果实悬在枝上，鲜红嫩绿的颜色，令人一望而发生羡慕的心。他只把果子埋在地底，等到成熟，才容人把他挖出来。你们偶然看见一棵花生瑟缩地长在地上，不能立刻辨出他有没有果实，非得等到你接触他才能知道。”

我们都说：“是的。”母亲也点点头。爹爹接下去说：“所以你们要像花生，因为他是有用的，不是伟大、好看的东西。”

我说：“那么，人要做有用的人，不要做伟大、体面的人了。”

爹爹说：“这是我对于你们的希望。”

我们谈到夜阑才散，所有花生食品虽然没有了，然而父亲的话现在还印在我心版上。

别话

素辉病得很重，离她停息的时候不过是十二个时辰了。她丈夫坐在一边，一手支颐，一手把着病人的手臂，宁静而恳挚的眼光都注在他妻子的面上。

黄昏的微光一分一分地消失，幸而房里都是白的东西，眼睛不至于失了他们的辨别力。屋里的静默，早已布满了死的气色；看护妇又不进来，她的脚步声只在门外轻轻地蹀过去，好像告诉屋里的人说："生命的步履不往这里来，离这里渐次远了。"

强烈的电光忽然从玻璃泡里的金丝发出来。光的浪把那病人的眼睑冲开。丈夫见她这样，就回复他的希望，恳挚地说："你——你醒过来了！"

素辉好像没听见这话，眼望着他，只说别的。她说："嗳，珠儿的父亲，在这时候，你为什么不带她来见见我？"

"明天带她来。"

屋里又沉默了许久。

"珠儿的父亲哪，因为我身体软弱、多病的缘故，教你牺牲许多光阴来看顾我，还阻碍你许多比服事我更要紧的事。我实在对你不起。我的身体实不容我……。”

“不要紧的，服事你也是我应当做的事。”

她笑。但白的被窝中所显出来的笑容并不是欢乐的标识。她说：“我很对不住你，因为我不曾为我们生下一个男儿。”

“哪里的话！女孩子更好。我爱女的。”

凄凉中的喜悦把素辉身中预备要走的魂拥回来。她的精神似乎比前强些，一听丈夫那么说，就接着道：“女的本不足爱：你看许多人——连你——为女人惹下多少烦恼！……不过是——人要懂得怎样爱女人，才能懂得怎样爱智慧。不会爱或拒绝爱女人的，纵然他没有烦恼，他是万灵中最愚蠢的人。珠儿的父亲，珠儿的父亲哪，你佩服这话么？”

这时，就是我们——旁边的人——也不能为珠儿的父亲想出一句答辞。

“我离开你以后，切不要因为我，就一辈子过那鳏夫的生活。你必要为我的缘故，依我方才的话爱别的女人。”她说到这里把那只几乎动不得的右手举起来，向枕边摸索。

“你要什么？我替你找。”

“戒指。”

丈夫把她的手扶下来，轻轻在她枕边摸出一只玉戒指来递给她。

“珠儿的父亲，这戒指虽不是我们订婚用的，却是你给我的；你可以存起来，以后再给珠儿的母亲，表明我和她的连属。除此以外，不要把我的东西给她，恐怕你要当她是我；不要把我们的旧话说给她听，恐怕她要因你的话就生出差别心，说你爱死的妇人甚于爱生的妻子。”她把戒指轻轻地套在丈夫左手的无名指上。丈夫随着扶她的手与他的唇边略一接触，妻子对于这番厚意，只用微微睁开的眼睛看着他。除掉这样的回报，她实在不能表现什么。

丈夫说："我应当为你做的事，都对你说过了。我再说一句，无论如何，我永久爱你。"

"咦，再过几时，你就要把我的尸体扔在荒野中了！虽然我不常住在我的身体内，可是人一离开，再等到什么时候，在什么地方才能互通我们恋爱的消息呢？若说我们将要住在天堂的话，我想我也永无再遇见你的日子，因为我们的天堂不一样。你所要住的，必不是我现在要去的。何况我还不配住在天堂？我虽不信你的神，我可信你所信的真理。纵然真理有能力，也不为我们这小小的缘故就永远把我们结在一块。珍重罢，不要爱我于离别之后。"

丈夫既不能说什么话，屋里只可让死的静寂占有了。楼底下恍惚敲了七下自鸣钟。他为尊重医院的规则，就立起来，握着素辉的手说："我的命，再见罢，七点钟了。"

"你不要走，我还和你谈话。"

"明天我早一点来，你累了，歇歇罢。"

"你总不听我的话。"她把眼睛闭了，显出很不愿意的样子。丈夫无奈，又停住片时，但她实在累了，只管躺着，也没有什么话说。

丈夫轻轻蹑出去。一到楼口，那脚步又退后走，不肯下去。他又蹑回来，悄悄到素辉床边，见她显着昏睡的形态，枯涩的泪点滴不下来，只挂在眼睑之间。

爱流汐涨

月儿的步履已踏过嵇家的东墙了。孩子在院里已等了许久，一看见上半弧的光刚射过墙头，便忙忙跑到屋里叫道："爹爹，月儿上来了，出来给我燃香罢。"

屋里坐着一个中年的男子，他的心负了无量的愁闷。外面的月亮虽然还像去年那么圆满，那么光明，可是他对于月亮的情绪就大不如去年了。当孩子进来叫他的时候，他就起来，勉强回答说；"宝璜，今晚上不必拜月，我们到院里对着月光吃些果品，回头再出去看看别人的热闹。"

孩子一听见要出去看热闹，更喜得了不得。他说："为什么今晚上不拈香呢？记得从前是妈妈点给我的。"

父亲没有回答他。但孩子的话很多，问得父亲越发伤心了。他对着孩子不甚说话。只有向月不歇地叹息。

"爹爹今晚上不舒服么？为何气喘得那么厉害？"

父亲说："是，我今晚上病了。你不是要出去看热闹么？可以教素云姐带你去，我不能去了。"

素云是一个年长的丫头。主人的心思、性地，她本十分明白，所以家里无论大小事几乎是她一人主持。她带宝璜出门，到河边看看船上和岸上各样的灯色；便中就告诉孩子说："你爹爹今晚不舒服了，我们得早一点回去才是。"

孩子说："爹爹白天还好好地，为何晚上就害起病来？"

"唉，你记不得后天是妈妈的百日吗？"

"什么是妈妈的百日？"

"妈妈死掉，到后天是一百天的工夫。"

孩子实在不能理会那"一百日"的深密意思，素云只得说："夜深了，咱们回家去罢。"

素云和孩子回来的时候，父亲已经躺在床上，见他们回来，就说："你们回来了。"她跑到床前回答说："二舍，我们回来了。晚上大哥儿可以和我同睡，我招呼他，好不好？"

父亲说："不必。你还是睡你的罢。你把他安置好，就可以去歇息，这里没有什么事。"

这个七岁的孩子就睡在离父亲不远的一张小床上。外头的鼓乐声，和树梢的月影，把孩子嬲得不能睡觉。在睡眠的时候，父亲本有命令，不许说话；所以孩子只得默听着，不敢发出什么声音。

乐声远了，在近处的杂响中，最激刺孩子的，就是从父亲那里发出来的啜泣声。在孩子的思想里，大人是不会哭的。所以他很诧异地问："爹爹，你怕黑么？大猫要来咬你么？你哭什么？"他说着就要起来，因为他也怕大猫。

父亲阻止他，说："爹爹今晚上不舒服，没有别的事。不许起来。"

“咦，爹爹明明哭了！我每哭的时候，爹爹说我的声音像河里水声淙潲淙潲地响：现在爹爹的声音也和那个一样。呀，爹爹，别哭了。爹爹一哭，教宝璜怎能睡觉呢?”

孩子越说越多，弄得父亲的心绪更乱。他不能用什么话来对付孩子，只说：“璜儿，我不是说过，在睡觉时不许说话么?你再说时，爹爹就不疼你了。好好地睡罢。”

孩子只复说一句：“爹爹要哭，教人怎样睡得着呢?”以后他就静默了。

这晚上的催眠歌，就是父亲的抽噎声。不久，孩子也因着这声就发出微细的鼾息；屋里只有些杂响伴着父亲发出哀音。

无法投递之邮件

给诵幼

不能投递之原因——地址不明，退发信人写明再递。

诵幼，我许久没见你了。我近来患失眠症。梦魂呢，又常困在躯壳里飞不到你身边，心急得很。但世间事本无容人着急的余地，越着急越不能到，我只得听其自然罢了。你总不来我这里，也许你怪我那天藏起来，没有出来帮你忙的缘故。呀，诵幼，若你因那事怪了我，可就冤枉极了！我在那时，全身已抛在烦恼的海中，自救尚且不暇，何能顾你？今天接定慧的信，说你已经被释放了，我实在欢喜得很！呀，诵幼，此后须要小心和男子相往来。你们女子常说："男子坏的很多"，这话诚然不错。但我以为男子的坏，并非他生来就是如此的，是跟女子学来的。诵幼，我说这话，请你不要怪我。你的事且不提，我拿文锦的事来说罢。他对于尚素本来是很诚实的，但尚素要将她和文锦的交情变为更亲密的交情，故不得不胡乱献些殷勤。呀，女人的殷勤，就是使男子变坏的砒石哟！我并不是说女子对于男子要很森严、冷酷，像怀霄待人一样，不过说没有智慧的殷勤是危险的罢了。

我盼望你今后的景况像湖心的白鹄一样。

给贞蘋

不能投递之原因——此人已离广州。

自走马营一别，至今未得你的消息。知道你的生活和行脚僧一样，所以没有破旅愁的书信给你念。昨天从杭香处听见你的近况，且知道你现在住在这里，不由得我不写这几句话给你。

我的朋友，你想北极的冰洋上能够长出花菖蒲，或开得像尼罗河边的王莲来么？我劝你就回家去罢。放着你清凉而恬淡的生活不享，飘零着找那不知心的“知心人”，为何自找这等刑罚？纵说是你当时得罪了他，要找着他向他谢罪，可是罪过你已认了，那温润不挠、如玉一般的情好岂能弥补得毫无瑕疵？

我的朋友，我常想着我曾用过一管笔，有一天无意中把笔尖误烧了（因为我要学篆书，听人说烧尖了好写）；就不能再用它。但我很爱那笔，用尽许多法子，也补救不来：就是拿去找笔匠，也不能出什么主意，只是教我再换过一管罢了。我对于那天天接触的小宝贝，虽舍不得扔掉，也不能不把它藏在笔囊里。人情虽不能像这样换法，然而，我们若在不能换之中，姑且当做能换，也就安慰多了。你有心牺牲你的命运，他却无意成就你的愿望，你又何必！我劝你早一点回去罢，看你年少的容貌或逃镜影中，在你背后的黑影快要闯入你的身里，把你青春一切活泼的风度赶走，把你光艳的躯壳夺去了。

我再三叮咛你，不知心的“知心人”，纵然找着了，只是加增懊恼，毫无用处的。

给小峦

不能投递之原因——此人已入疯人院。

绿绮湖边的夜谈，是我们所不能忘掉的。但是，小峦，我要告诉你，迷生绝不能和我一样，常常惦念着你，因为他的心多用在那恋爱的遗骸上头。你不是教我探究他的意思吗？我昨天一早到他那里去，在一件事情上，使我理会他还是一个爱的坟墓的守护者。若是你愿意听这段故事，我就可以告诉你。

我一进门时，他垂着头好像很悲伤的样子，便问：“迷生，你又想什么来？”他叹了一声才说：“她织给我的领带坏了！我身边再也没有她的遗物了！人丢了，她的东西也要陆续地跟着她走，真是难解！”我说：“是的，太阳也有破坏的日子，何况一件小小东西，你不许它坏，成么？”

“为什么不成！若是我不用它，就可以保全它，然而我怎能不用？我一用她给我留下的器用，就借那些东西要和她交通，且要得着无量安慰。”他低垂的视线牵着手里的旧领带，接着说，“唉，现在她的手泽都完了！”

小峦，你想他这样还能把你惦记在心里么？你太轻于自信了。我不是使你失望，我很了解他，也了解你，你们固然是亲戚，但我要提醒除你疏淡的友谊外，不要多走一步。因为，凡最终的地方，都是在对岸那很高、很远、很暗，且不能用平常的舟车达到的。你和迷生的事，据我现在的观察，纵使蜘蛛的丝能够织成帆，蜣螂的甲能够装成船，也不能渡你过第一步要过的心意的沪洋。你不要再发痴了，还是回向莲台，拜你那低头不语的偶像好。你常说我给麻醉剂你服，不错的！若是我给一毫一厘的兴奋剂你服，恐怕你要起不来了。

答劳云

不能投递的原因——劳云已投金光明寺，在岭上，不能递。

中夜起来，月还在座，渴鼠蹑上桌子偷我笔洗里的墨水喝，我一下床它就吓跑了。它惊醒我，我吓跑它，也是公道的事情。到窗边坐下，且不点灯，回想去年此夜，我们正在了因的园里共谈，你说我们在万本芭蕉底下直像草根底下斗鸣的小虫。唉，今夜那园里的小虫必还在草根底下叫着，然而我们呢？本要独自出去一走，怎奈院里鬼影历乱，又没有侣伴，只得作罢了。睡不着，偏想茶喝，到后房去，见我的小丫头被慵睡锁得很牢固，不好解放她，喝茶的念头，也得作罢了。回到窗边坐下，摩摩窗棂，无意摩着你前月的信，就仗着月灯再念了一遍，可幸你的字比我写得还要粗大，念时，尚不费劲。在这时候，只好给你写这封回信。

劳云，我对了因所说，哪得天下荒山，重叠围合，做个大监牢——野兽当逻卒，古树作栅栏，烟云拟桎梏，茑萝为锁链——闲散地囚禁你这流动人愁怀的诗犯？不想你真要自首去了！去也好，但我只怕你一去到那里便成诗境，不是诗牢了。

你问我为什么叫你做诗犯，我自己也不知其所以然。我觉得你的诗虽然很好，可是你心里所有的和手里写出来的总不能适合，不如把笔摔掉，到那只许你心儿领会的诗牢去更妙。遍世间尽是诗境，所以诗人易做。诗人无论遇着什么，总不肯峥嘿着，非发出些愁苦的诗不可，真是难解。譬如今夜夜色，若你在时，必要把院里所有的调戏一番，非教它们都哭了，你不甘心。这便是你的过犯了。所以我要叫你做诗犯，很盼望你做个诗犯。

一手按着手电灯，一手写字，很容易乏，不写了。今夜起来，本不是为给你写回信，然而在不知不觉中，就误了我半小时，不能和我那“月”默谈。这又是你的罪过！

院里的虫声直如鬼哭，听得我毛发尽竦。还是埋头枕底，让那只小鼠畅饮一场罢。

给琰光

不能投递之原因——琰光南归就婚，嘱所有男女来书均退回。

你在我心中始终是一个生面人，彼此间再也不能有什么微妙深沉的认识了，这也是难怪的。白孔雀和白熊虽是一样清白，而性情的冷暖各不相同，故所住的地方也不相同。我看出来了！你是白熊，只宜徘徊于古冰峥嵘的岩壑间，当然不能与我这白孔雀一同飞翔于缨藤缕缕、繁花树树的森林里。可惜我从前对你所有意绪，到今日落得寸断毫分，流离到踪迹都无。我终恨我不是创作者呀！怎么连这刹那等速的情爱时间也做不来？

我热极了，躺在病床上，只是同冰做伴。你的情愫也和冰一样，我愈热，你愈融，结果只使我戴着一头冷水。就是在手中的，也消融尽了。人间第一痛苦就是无情的人偏会装出多情的模样，有情的倒是缄口束手，无所表示！启芳说我是泛爱者，劳生说我是兼爱者，但我自己却以为我是困爱者。我实对你说，我自己实不敢做，也不能做爱恋业，为困于爱，故整日颠倒于这甜苦的重围中，不能自行救度。爱的沉沦是一切救主所不能救的。爱的迷蒙是一切“天人师”所不能训诲开示的。爱的刚愎是一切“调御丈夫”所不能降伏的。

病中总希望你来看看我，不想你影儿不露，连信也不来！似游丝的情绪只得因着记忆的风挂搭在西园西篱，晚霞现处。那里站着我儿时曾爱，现在犹爱的邕。她是我这一生第一个女伴，二十四年的别离，我已成年，而心像中的邕还是两股小辫垂在绿衫儿上。毕章是别离好呵！别离的人总不会老的，你不来也就罢了，因为我更喜欢在旧梦中寻找你。

你去年对我说那句话，这四百日中，我未尝忘掉要给你一个解答。你说爱是你的，你要予便予，要夺便夺。又说要得你的爱须付代价。咦，你老脱不掉女人的骄傲！无论是谁，都不能有自己的爱。你未生以前，爱恋早已存在，不过你偷了些少来眩惑人罢了。你到底是个爱的小窃，同时是个爱的典质者。你何尝花了一丝一忽的财宝，或费了一言一动的劳力去索取爱恋，你就想便宜得来，高贵地售出？人间第二痛苦就是出无等的代价去买不用劳力得来的爱恋。我实在告诉你，要代价的爱情，我买不起。

焦把纸笔拿到床边，迫着我写信给你，不得已才写了这一套话。我心里告诉我说，从诚实心表现出来的言语，永不至于得罪人，所以我想上头所说的不会动你的怒。

给憬然三姑

不能投递之原因——本宅并无“三姑”称谓。

我来找你，并不是不知道你已嫁了，怎么你总不敢出来和我叙叙旧话？我一定要认识你的“天”以后才可以见你么？三千里的海山，十二年的隔绝，此间：每年、每月、每个时辰、每一念中都盼着要再会你。一踏入你的大门，我心便摆得如秋千一般，几乎把心房上的大脉震断了。谁知坐了半天，你总不出来！好容易见你出来，客气话说了，又坐我背后。那时许多人要与我谈话，我怎好意思回过脸去向着你？

合卺酒是女人的懑兜汤，一喝便把儿女旧事都忘了，所以你一见了我，只似曾相识，似不相识，似怕人知道我们曾相识，两意三心，把旧时的好话都撇在一边。

那一年的深秋，我们同在昌华小榭赏残荷。我的手误触在竹栏边的仙人掌上，竟至流血不止。你从你的镜囊取出些粉纸，又拔两根你香柔而黑甜的头发，为我裹缠伤处。你记得那时所说的话么？你说：“这头发虽然不如弦的韧，用来缠伤，足能使得，就是用来系爱人的爱也未必不能胜任。”你含羞说出的话果真把我心系住，可是你的记忆早与我的伤痕一同丧失了。

又是一年的秋天，我们同在屋顶放一只心形纸鸢。你扶着我的肩膀看我把线放尽了。纸鸢腾得很高，因为风力过大，扯得线儿欲断不断。你记得你那时所说的话么？你说：“这也不是‘红线’，容它断了罢。”我说：“你想我舍得把我偷闲做成的‘心’放弃掉么？纵然没有红线，也不能容它流落。”你说：“放掉假心，还有真心呢。”你从我手里把白线夺过去，一撒手，纸鸢便翻了无数的筋斗，带着堕线飞去，挂在皇觉寺塔顶。那破心的纤维也许还存在塔上，可是你的记忆早与当时的风一样地不能追寻了。

有一次，我们在流花桥上听鹧鸪，你的白袜子给道旁的曼陀罗花汁染污了。我要你脱下来，让我替你洗净。你记得当时你说什么来？你说：“你不怕人笑话么，——岂有男子给女人洗袜子的道理？你忘了我方才用栀子花蒂在你掌上写了我的名字么？一到水里，可不把我的名字从你手心洗掉，你怎舍得？”唉，现在你的记忆也和写在我掌上的名字一同消灭了！

真是！合卺酒是女人懈兜汤，一喝便把儿女旧事都忘了。但一切往事在我心中都如残机的线，线线都相连着，一时还不能断尽。我知道你现在很快活，因为有了许多子女在你膝下。我一想起你，也是和你对着儿女时一样地喜欢。

给爽君夫妇

不能投递之原因——爽君逃了，不知去向。

你的问题，实在是时代问题，我不是先知，也不能决定说出其中的奥秘。但我可以把几位朋友所说的话介绍给你知道，你定然要很乐意地念一念。

我有一位朋友说："要双方发生误解，才有爱情。"他的意思以为相互的误解是爱情的基础。若有一方面了解，一方面误解，爱也无从悬挂的。若两方面都互相了解，只能发生更好的友谊罢了。爱情的发生，因为我不知道你是怎么一回事，你不知道我是怎么一回事。若彼此都知道很透彻，那时便是爱情的老死期到了。

又有一位朋友说："爱情是彼此的帮助：凡事不顾自己，只顾人。"这句话，据我看来，未免广泛一点。我想你也知道其中不尽然的地方。

又有一位朋友："能够把自己的人格忘了，去求两方更高的共同人格便是爱情。"他以为爱情是无我相的，有"我"的执着不能爱，所以要把人格丢掉；然而人格在人间生活的期间内是不能抛弃的，为这缘故，就不能不再找一个比自己人格更高尚的东西。他说这要找的便是共同人格。两方因为再找一个共同人格，在某一点上相遇了，便连合起来成为爱情。

此外有许多陈腐而很新鲜的论调我也不多说了。总之，爱情是非常神秘，而且是一个人一样的。近时的作家每要夸炫说：

“我是不写爱情小说，不作爱情诗的。”介绍一个作家，也要说：“他是不写爱情的文艺的。”我想这就是我们不能了解爱情本体的原因。爱情就是生活，若是一个作家不会描写，或不敢描写，他便不配写其余的文艺。

我自信我是有情人，虽不能知道爱情的神秘，却愿多多地描写爱情生活。我立愿尽此生，能写一篇爱情生活，便写一篇；能写十篇，便写十篇：能写百、千、亿、万篇，便写百、千、亿、万篇。立这志愿，为的是安慰一般互相误解、不明白的人。你能不骂我是爱情牢狱的广告人么？

这信写来答复爽君。亦雄也可同念。

复诵幼

不能投递之原因——该处并无此人。

“是神造宇宙、造人间、造人、造爱；还是爱造人、造人间、造宇宙、造神？”这实与“是男生女，是女生男”的旧谜一般难决。我总想着人能造的少，而能破的多。同时，这一方面是造，那一方面便是破。世间本没有“无限”。你破璞来造你的玉簪，破贝来造你的珠珥，破木为梁，破石为墙，破蚕、棉、麻、麦、牛、羊、鱼、鳖的生命来造你的日用饮食，乃至破五金来造货币、枪弹，以残害同类、异种的生命。这都是破造双成的。要生活就得破。就是你现在的“室家之乐”也从破得来。你破人家亲子之爱来造成的配偶，又何尝不是破？破是不坏的，不过现代的人还找不出破坏量少而建造量多的一个好方法罢了。

你问我和她的情谊破了不，我要诚实地回答你说：诚然，我们的情谊已经碎为流尘，再也不能复原了；但在清夜中，旧谊的鬼灵曾一度蹑到我记忆的仓库里，悄悄把我伐情的斧——怨恨——拿走。我揭开被褥起来，待要追它，它已乘着我眼中的毛轮飞去了。这不易寻觅的鬼灵只留它的踪迹在我书架上。原来那是伊人的文件！我伸伸腰，揉着眼，取下来念了又念，伊人的冷面复次显现了。旧的情谊又从字里行间复活起来。相怨后的复和，总解不通从前是怎么一回事，也诉不出其中的甘苦。心面上的青紫唯有用泪洗濯而已。有涩泪可流的人还算不得是悲哀者。所以我还能把壁上的琵琶抱下来弹弹，一破清夜的岑寂。你想我对着这归来的旧好必要弹些高兴的调子。可是我那夜弹来弹去只是一阕《长相忆》，总弹不出《好事》！这奈何，奈何？我理会从记忆的坟里复现的旧谊，多年总有些分别。但玉在她的信里附着几句短词嘲我说：

> 噫，说到相怨总是表面事，
> 心里的好人儿仍是旧相识。
> 是爱是憎本容不得你做主，
> 你到底是个爱恋的奴隶！

她所嘲于我的未免太过。然而那夜的境遇实是我破从前一切情愫所建造的。此后，纵然表面上极淡的交谊也没有，而我们心心的理会仍可以来去自如。

你说爱是神所造，劝我不要拒绝，我本没有拒绝，然而憎也是神所造，我又怎能不承纳呢？我心本如香水海，只任轻浮的慈惠船载着喜爱的花果在上面游荡。至于满载痴石嗔火的艑筏，终要因它的危险和沉重而消没净尽，焚毁净尽。爱憎既不由我自主，那破造更无消说了。因破而造，因造而破，缘因更迭，你哪能说这是好，那是坏？至于我的心迹连我自己也不知道，你又怎能名其奥妙？人到无求，心自清宁，那时既无所造作，亦无所破坏。我只觉我心还有多少欲念除不掉，自当勇敢地破灭它至于无余。

你，女人，不要和我讲哲学。我不懂哲学。我劝你也不要希望你脑中百“论”、千“说”、亿万“主义”，那由他“派别”，辩来论去，逃不出鸡子方的争执。纵使你能证出鸡子是方的，又将如何？你还是给我讲讲音乐好。近来造了一阕《暖云烘寒月》琵琶谱，顺抄一份寄给你。这也是破了许多工夫造得来的。

复真龄

不能投递之原因——真龄去国，未留住址。

自与那人相怨后，更觉此生不乐。不过旧时的爱好，如洁白的寒鹭，三两时间飞来歇在我心中泥泞的枯塘之岸，有时漫涉到将干未干的水中央，还能使那寂静的平面随着她的步履起些微波。

唉，爱姊姊和病弟弟总是孪生的呵！我已经百夜没睡了。我常说，我的爱如香冽的酒，已经被人饮尽了，我哀伤的金罍里只剩些残冰的融液，既不能醉人，又足以冻我齿牙。你试想，一个百夜不眠的人，若渴到极地，就禁得冷饮么？

“为爱恋而去的人终要循着心境的爱迹归来”，我老是这样地颠倒梦想。但两人之中，谁是为爱恋先走开的？我说那人，那人说我。谁也不肯循着谁的爱迹归来。这委是一件胡卢事！玉为这事也和你一样写信来呵责我，她真和她眼中的瞳子一样，不用镜子就映不着自己。所以我给她寄一面小镜去。她说：“女人总是要人爱的”，难道男子就不是要人爱的？她当初和球一自相怨后，也是一样蒙起各人的面具，相逢直如不识。他们两个复和，还是我的工夫，我且写给你看。

那天，我知道球要到帝室之林去赏秋叶，就怂恿她与我同去。我远地看见球从溪边走来，借故撇开她，留她在一棵枫树下坐着，自己藏在一边静观。人在落叶上走是秘不得的。球的足音，谅她听得着。球走近树边二丈相离的地方也就不往前进了。他也在一根横卧的树根上坐下，拾起枯枝只顾挥拨地上的败叶。她偷偷地看球，不做声，也不到那边去。球的双眼有时也从假意低着的头斜斜地望她。他一望，玉又假做看别的了。谁也不愿意表明谁看着谁来。你知道这是很平常的事。由爱至怨，由怨至于假不相识，由假不相识也许能回到原来的有情境地。我见如此，故意走回来，向她说：“球在那边哪！”她回答：“看见了。”你想这话若多两个字“钦此”，岂不成这娘娘的懿旨？我又大声嚷球。他的回答也是一样地庄严，几乎带上“钦此”二字。我跑去把球揪来。对他们说：“你们彼此相对道道歉，如何？”到底是男子容易劝。球到她跟前说：“我也不知道怎样得罪你。他迫着我向你道歉，我就向你道歉罢。”她望着球，心里愉悦之情早破了她的双颊冲出来。她说：“人为什么不能自主到这步田地？连道个歉也要朋友迫着来。”好了，他们重新说起话来了！

她是要男子爱的，所以我能给她办这事。我是要女人爱的，故毋需去瞅睬那人，我在情谊的道上非常诚实，也没有变动，是人先离开的。谁离开，谁得循着自己心境的爱迹归来。我哪能长出千万翅膀飞入苍茫里去找她？再者，他们是醉于爱的人；故能一说再合。我又无爱可醉，犯不着去讨当头一棒的冷话。您想是不是？

给怀霄

不能投递之原因——此信遗在道旁，由陈斋夫拾回。

好几次写信给你都从火炉里捎去。我希望当你看见从我信笺上出来那几缕烟在空中飘扬的时候，我的意见也能同时印入你的网膜。

怀霄，我不愿意写信给你的缘故，因为你只当我是有情的人，不当我是有趣的人。我常对人说，你是可爱的，不过你游戏天地的心比什么都强，人还够不上爱你。朋友们都说我爱你，连你也是这样想，真是怪事！你想男女得先定其必能相爱，然后互相往来么？好人甚多，怎能个个爱恋他？不过这样的成见不止你有，我很可以原谅你。我的朋友，在爱的田园中，当然免不了三风四雨。从来没有不变化的天气能教一切花果开得斑斓，结得磊砢的。你连种子还没下，就想得着果实，便是办不到的。我告诉你，真能下雨的云是一声也不响的。不掉点儿的密云，雷电反发射得弥漫天地。所以人家的话，不一定就是事实，请你放心。

男子愿意做女人的好伴侣、好朋友，可不愿意当她们的奴才，供她们使令。他愿意帮助她们，可不喜欢奉承谄媚她们，男子就是男子，媚是女人的事。你若把“女王”、“女神”的尊号暂时收在镜囊里，一定要得着许多能帮助你的朋友。我知道你的性地很冷酷，你不但不愿意得几位新的好友，或极疏淡的学问之交，连旧的你也要一个一个弃绝掉。嫁了的女朋友，和做了官的男相识，都是不念旧好的。与他们见面时，常竟如路人。你还未嫁，还未做官，不该施行那样的事情。我不是呵责你，也不是生气——就使你侮辱我到极点，我也不生气。我不过尽我的情劝告你罢了。说到劝告，也是不得已的。这封信也是在万不得已的境遇底下写的。写完了，我还是盼望你收不到。

复少觉

不能投递之原因——受信人地址为墨所污，无法投递。

同年的老弟：我知道怀书多病，故月来未尝发信问候，恐惹起她的悲怨。她自说：“我有心事万缕，总不愿写出、说出，到无可奈何时节，只得由它化作血丝飘出来。”所以她也不写信告诉我她到底是害什么病。我想她现时正躺在病榻上呢。

唉，怀书的病是难以治好的。一个人最怕有“理想”。理想不但能使人病，且能使人放弃他的性命。她甚至抱着理想的理想，怎能不每日病透二十四小时？她常对我说：“有而不完全，宁可不有。”你想“完全”真能在人间找得出来的么？就是遍游亿万尘沙世界，经过庄严劫，贤劫，星宿劫，也找不着呀！不完全的世界怎能有完全的人？她自己也不完全，怎配想得一个完全的男子？纵使世间真有一个完全的男子，与她理想的理想一样，那男子对她未必就能起敬爱。罢了！这又是一种渴鹿趋阳焰的事，即令他有千万蹄，每蹄各具千万翅膀，飞跑到旷野尽处，也不能得点滴的水。何况她还盼望得到绿洲做她的憩息饮食处？朋友们说她是“愚拙的聪明人”，诚然！她真是一个万事伶俐，一时懵懂的女人。她总没想到“完全”是由妖魔画空而成，本来无东西，何能捉得住？多才、多艺、多色、多意想的人最容易犯理想病。因为有了这些，魔便乘隙于她心中画等等极乐、饰等等庄严、造等等偶像；使她这本来辛苦的身心更受造作安乐的刑罚。这刑罚，除了世人以为愚拙的人以外，谁也不能免掉。如果她知道这是魔的诡计，她就泅近解脱的岸边了，“理想”和毒花一样，眼看是美，却拿不得。三家村女也知道开美丽的花的多是毒草，总不敢取来做肴馔，可见真正聪明人还数不到她。自求辛螫的人除用自己的泪来调反省的药饵以外，再没有别样灵方。医生说她外表似冷，内里却中了很深的繁花毒。由毒生热恼，恼极成劳，故呕心有血。我早知她的病原在此，只恨没有神变威力，幻作大白香象，到阿耨达池去，吸取些清凉水来与她灌顶，使她表里俱冷。虽然如此，我还尽力向她劝说，希望她自己能调伏她理想的热毒。我写到这里，接朋友的信说她病得很凶，我得赶紧去看看她。

无法投递之邮件（续）

一　给怜生

偶出郊外，小憩野店，见绿榕叶上糁满了黄尘。树根上坐着一个人，在那里呻吟着。裊说大概又是常见的那叫化子在那里演着动人同情或惹人憎恶的营生法术罢。我喝过一两杯茶，那凄楚的声音也和点心一齐送到我面前，不由得走到树下，想送给那人一些吃的用的。我到他跟前，一看见他的脸，却使我失惊。怜生，你说他是谁？我认得他，你也认得他。他就是汕市那个顶会弹三弦的殷师。你记得他一家七八口就靠着他那十个指头按弹出的声音来养活的。现在他对我说他的一只手已留在那被贼格杀的城市里。他的家也教毒火与恶意毁灭了。他见人只会嚷，“手——手——手！”再也唱不出什么好听的歌曲来。他说：“求乞也求不出一只能弹的手，白活着是无意味的。”我安慰他说：“这是贼人行凶的一个实据，残废也有残废生活的办法，乐观些罢。”他说，假使贼人切掉他一双脚，也比去掉他一个指头强。有完全的手，还可以营谋没惭愧的生活。我用了许多话来鼓励他，最后对他说："一息尚存，机会未失。独臂擎天，事在人为。把你的遭遇唱出来，没有一只手，更能感动人，使人人的手举起来，为你驱逐丑贼。"他沉吟了许久，才点了头。我随即扶他起来。他的脸黄瘦得可怕，除掉心情的愤怒和哀伤以外，肉体上的饥饿、疲乏和感冒，都聚在他身上。

我们同坐着小车，轮转得虽然不快，尘土却随着车后卷起一阵阵的黑旋风。头上一架银色飞机掠过去。殷师对于飞机已养成一种自然的反射作用，一听见声音就蜷伏着。袅说那是自己的，他才安心。回到城里，看见报上说，方才那机是专载烤火鸡到首都去给夫人、小姐们送新年礼的。好贵重的礼物！他们是越过满布残肢死体的战场，败瓦颓垣的村镇，才能安然地放置在粉香脂腻的贵女和她们的客人面前。希望那些烤红的火鸡，会将所经历的光景告诉她们。希望它们说：我们的人民，也一样地给贼人烤着吃咧！

二 答寒光

你说你佩服近来流行的口号：革命是不择手段的。我可不敢赞同。革命是为民族谋现在与将来的福利的伟大事业，不像泼一盆脏水那么简单。我们要顾到民族生存的根本条件，除掉经济生活以外，还要顾到文化生活。纵然你说在革命的过程中文化生活是不重要的，因为革命便是要为民族制造一个新而前进的文化，你也得做得合理一点，经济一点。

革命本来就是达到革新目的的手段。要达到目的地，本来没限定一条路给我们走。但是有些是崎岖路，有些是平坦途，有些是捷径，有些是远道。你在这些路程上，当要有所选择。如你不择道路，你就是一个最笨的革命家。因为你为选择了那条崎岖又复辽远的道路，你岂不是白糟蹋了许多精力、时间与物力？领导革命从事革命的人，应当择定手段。他要执持信义、廉耻、振奋、公正等等精神的武器，踏在共利互益的道路上，才能有光明的前途。要知道不问手段去革命，只那手段有时便可成为前途最大的障碍。何况反革命者也可以不问手段地摧残你的工作？所以革命要择优越的、坚强的与合理的手段，不择手段的革命是作乱，不是造福。你赞同我的意思罢！写到此处，忽觉冷气袭人，于是急闭窗户，移座近火，也算卫生上所择的手段罢。

雍来信说她面貌丑陋，不敢登场。我已回信给她说，戏台上的人物不见得都美，也许都比她丑。只要下场时留得本来面目，上场显得自己性格，涂朱画墨，有何妨碍？

三　给华妙

瑰容她的儿子加入某种秘密工作。孩子也干得很有劲。他看不起那些不与他一同工作的人们，说他们是活着等死。不到几个月，秘密机关被日人发现，因而打死了几个小同志。他幸而没被逮去，可是工作是不能再进行了，不得已逃到别处去。他已不再干那事，论理就该好好地求些有用的知识，可是他野惯了，一点也感觉不到知识的需要。他不理会他们的秘密的失败是由组织与联络不严密和缺乏知识，他常常举出他的母亲为例，说受了教育只会教人越发颓废，越发不振作，你说可怜不可怜！

瑰呢？整天要钱。不要钱，就是跳舞；不跳舞，就是……总而言之，据她的行为看来，也真不像是鼓励儿子去做救国工作的母亲。她的动机是什么，可很难捉摸。不过我知道她的儿子当对她的行为表示不满意。她也不喜欢他在家里，尤其是有客人来找她的时候。

前天我去找她，客厅里已有几个欧洲朋友在畅谈着。这样的盛会，在她家里是天天有的。她在群客当中，打扮得像那样的女人。在谈笑间，常理会她那抽烟、耸肩、瞟眼的姿态，没一样不是表现她的可鄙。她偶然离开屋里，我就听见一位外宾低声对着他的同伴说："她很美，并且充满了性的引诱。"另一位说："她对外宾老是这样的美利坚化。……受欧美教育的中国妇女，多是善于表欧美的情的，甚至身居重要地位的贵妇也是如此。"我是装着看杂志，没听见他们的对话，但心里已为中国文化掉了许多泪。华妙，我不是反对女子受西洋教育。我反对一切受西洋教育的男女忘记了自己是什么样人，自己有什么文化。大人先生们整天在讲什么"勤俭"、"朴素"、"新生活"、"旧道德"，但是节节失败在自己的家庭里头，一想起来，除掉血，还有什么可呕的？

危巢坠简

一 给少华

近来青年人新兴了一种崇拜英雄的习气，表现的方法是跋涉千百里去向他们献剑献旗。我觉得这种举动不但是孩子气，而且是毫无意义。我们的领袖镇日在戎马倥偬、羽檄纷沓里过生活，论理就不应当为献给他们一把废铁镀银的、中看不中用的剑，或一面铜线盘字的幡不像幡、旗不像旗的东西，来耽误他们宝贵的时间。一个青年国民固然要崇敬他的领袖，但也不必当他们是菩萨，非去朝山进香不可。表示他的诚敬的不是剑，也不是旗，乃是把他全副身心献给国家。要达到这个目的，必要先知道怎样崇敬自己，不会崇敬自己的，决不能真心崇拜他人。崇敬自己不是骄慢的表现，乃是觉得自己也有成为一个有为有用的人物的可能与希望，时时刻刻地、兢兢业业地鼓励自己，使他不会丢失掉这可能与希望。

在这里，有个青年团体最近又举代表去献剑，可是一到越南，交通已经断绝了。剑当然还存在他们的行囊里，而大众所捐的路费，据说已在异国的舞娘身上花完了。这样的青年，你说配去献什么？害中国的，就是这类不知自爱的人们哪。可怜，可怜！

二 给樾人

每日都听见你在说某某是民族英雄，某某也有资格做民族英雄，好像这是一个官衔，凡曾与外人打过一两场仗，或有过一二分功劳的都有资格受这个徽号。我想你对于“民族英雄”的观念是错误的。曾被人一度称为民族英雄的某某，现在在此地拥着做“英雄”的时期所榨取于民众和兵士的钱财，做了资本家，开了一间工厂，驱使着许多为他的享乐而流汗的工奴。曾自诩为民族英雄的某某，在此地吸鸦片，赌轮盘，玩舞女，和做种种堕落的勾当。此外，在你所推许的人物中间，还有许多是平时趾高气扬，临事一筹莫展的“民族英雄”。所以说，苍蝇也具有蜜蜂的模样，不仔细分辨不成。

魏冰叔先生说：“以天地生民为心，而济以刚明通达沉深之才，方算得第一流人物。”凡是够得上做英雄的，必是第一流人物，试问亘古以来这第一流人物究竟有多少？我以为近几百年来差可配得被称为民族英雄的，只有郑成功一个人，他于刚明敏达四德具备，只惜沉深之才差一点。他的早死，或者是这个原因。其他人物最多只够得上被称为“烈士”、“伟人”、“名人”罢了。《文子·微明篇》所列的二十五等人中，连上上等的神人还够不上做民族英雄，何况其余的？我希望你先把做成英雄的条件认识明白，然后分析民族对他的需要和他对于民族所成就的功绩，才将这“民族英雄”的徽号赠给他。

三　复成仁

来信说在变乱的世界里，人是会变畜生的。这话我可以给你一个事实的证明。小汕在乡下种地的那个哥哥，在三个月前已经变了马啦。你听见这新闻也许会骂我荒唐，以为在科学昌明的时代还有这样的怪事，但我请你忍耐看下去就明白了。

岭东的沦陷区里，许多农民都缺乏粮食，是你所知道的。即如没沦陷的地带也一样地闹起米荒来。当局整天说办平粜，向南洋华侨捐款，说起来，米也有，钱也充足，而实际上还不能解决这严重的问题，不晓得真是运输不便呢，还是另有原因呢？一般率直的农民受饥饿的迫胁总是向阻力最小、资粮最易得的地方奔投。小汕的哥哥也带了充足的盘缠，随着大众去到韩江下游的一个沦陷口岸，在一家小旅馆投宿，房钱是一天一毛，便宜得非常。可是第二天早晨，他和同行的旅客都失了踪！旅馆主人一早就提了些包袱到当铺去。回店之后，他又把自己幽闭在账房里数什么军用票。店后面，一股一股的卤肉香喷放出来。原来那里开着一家卤味铺，卖的很香的卤肉、灌肠、熏鱼之类。肉是三毛一斤，说是从营盘批出来的老马，所以便宜得特别。这样便宜的食品不久就被吃过真正马肉的顾客发现了它的气味与肉里都有点不对路，大家才同调地怀疑说：“大概是来路的马罢。”可不是！小汕的哥哥也到了这类的马群里去了！变乱的世界，人真是会变畜生的。

这里，我不由得有更深的感想，那使同伴在物质上变牛变马，是由于不知爱人如己，虽然可恨可怜，还不如那使自己在精神上变猪变狗的人们。他们是不知爱己如人，是最可伤可悲的。如果这样的畜人比那些被食的人畜多，那还有什么希望呢？

海世间

我们的人间只有在想象或淡梦中能够实现罢了。一离了人造的海上社会，心里便想到此后我们要脱离等等社会律的桎梏，来享受那乐行忧违的潜龙生活。谁知道一上船，那人造人间所存的受、想、行、识，都跟着我们入了这自然的海洋！这些东西，比我们的行李还多，把这一万二千吨的小船压得两边摇荡。同行的人也知道船载得过重，要想一个好方法，教它的负担减轻一点，但谁能有出众的慧思呢？想来想去，只有吐些出来，此外更无何等妙计。

这方法虽是很平常，然而船却轻省得多了。这船原是要到新世界去的哟，可是新世界未必就是自然的人间。在水程中，虽然把衣服脱掉了，跳入海里去学大鱼的游泳，也未必是自然。要是闭眼闷坐着，还可以有一点勉强的自在。

船离陆地远了，一切远山疏树尽化行云。割不断的轻烟，缕缕丝丝从烟囱里舒放出来，慢慢地往后延展。故国里，想是有人把这烟揪住罢。不然就是我们之中有些人的离情凝结了，乘着轻烟家去。

呀！他的魂也随着轻烟飞去了！轻烟载不起他，把他摔下来。堕落的人连浪花也要欺负他，将那如弹的水珠一颗颗射在他身上。他几度随着波涛浮沉，气力有点不足，眼看要沉没了，幸而得文鳐的哀怜，展开了帆鳍搭救他。

文鳐说："你这人太笨了，热火燃尽的冷灰，岂能载得你这焰红的情怀？我知道你们船中定有许多多情的人儿，动了乡思。我们一队队跟船走，又飞又泳，指望能为你们服劳，不料你们反拍着掌笑我们，驱逐我们。"

他说："你的话我们怎能懂得呢？人造的人间的人，只能懂得人造的语言罢了。"

文鳐摇着他口边那两根短须，装作很老成的样子，说："是谁给你分别的，什么叫人造人间，什么叫自然人间？只有你心里妄生差别便了。我们只有海世间和陆世间的分别，陆世间想你是经历惯的；至于海世间，你只能从想象中理会一点。你们想海里也有女神，五官六感都和你们一样。戴的什么珊瑚、珠贝，披的什么鲛纱、昆布。其实这些东西，在我们这里并非稀奇难得的宝贝。而且一说人的形态便不是神了。我们没有什么神，只有这蔚蓝的盐水是我们生命的根源。可是我们生命所从出的水，于你们反有害处。海水能夺去你们的生命。若说海里有神，你应当崇拜水，毋需再造其他的偶像。"

他听得呆了，双手扶着文鳐的帆鳍，请求他领他到海世间去。文鳐笑了，说："我明说水中你是生活不得的。你不怕丢了你的生命么？"

他说："下去一分时间，想是无妨的。我常想着海神的清洁、温柔、娴雅等等美德；又想着海底的花园有许多我不曾见过的生物和景色，恨不得有人领我下去一游。”

文鳐说：“没有什么，没有什么，不过是咸而冷的水罢了，海的美丽就是这么简单——冷而咸。你一眼就可以望见了。何必我领你呢？凡美丽的事物，都是这么简单的。你要求它多么繁复、热烈，那就不对了。海世间的生活，你是受不惯的，不如送你回船上去罢。”

那鱼一振鳍，早离了波阜，飞到舷边。他还舍不得回到这真是人造的陆世界来，眼巴巴只怅望着天涯，不信海就是方才所听情况。从他想象里，试要构造些海底世界的光景。他的海中景物真个实现在他梦想中了。

海角的孤星

一走近舷边看浪花怒放的时候，便想起我有一个朋友曾从这样的花丛中隐藏他的形骸。这个印象，就是到世界的末日，我也忘不掉。

这桩事情离现在已经十年了。然而他在我的记忆里却不像那么久远。他是和我一同出海的。新婚的妻子和他同行，他很穷，自己买不起头等舱位。但因新人不惯行旅的缘故，他乐意把平生的蓄积尽量地倾泻出来，为他妻子订了一间头等舱。他在那头等船票的佣人格上填了自己的名字，为的要省些资财。

他在船上哪里像个新郎，简直是妻的奴隶！旁人的议论，他总是不理会的。他没有什么朋友，也不愿意在船上认识什么朋友，因为他觉得同舟中只有一个人配和他说话。这冷僻的情形，凡是带着妻子出门的人都是如此，何况他是个新婚者？

船向着赤道走，他们的热爱，也随着增长了。东方人的恋爱本带着几分爆发性，纵然遇着冷气，也不容易收缩，他们要去的地方是槟榔屿附近一个新辟的小埠。下了海船，改乘小舟进去。小河边满是椰子、棕枣和树胶林。轻舟载着一对新人在这神秘的绿荫底下经过，赤道下的阳光又送了他们许多热情、热觉、热血汗，他们更觉得身外无人。

他对新人说："这样深茂的林中，正合我们幸运的居处。我愿意和你永远住在这里。"

新人说："这绿得不见天日的林中，只作浪人的坟墓罢了……"

他赶快截住说："你老是要说不吉利的话！然而在新婚期间，所有不吉利的语言都要变成吉利的。你没念过书，哪里知道这林中的树木所代表的意思。书里说'椰子是得子息的徽识树'，因为椰子就是'迓子'。棕枣是表明爱与和平。树胶要把我们的身体粘得非常牢固，至于分不开。你看我们在这林中，好像双星悬在鸿蒙的穹苍下一般。双星有时被雷电吓得躲藏起来，而我们常要闻见许多歌禽的妙音和无量野花的香味。算来我们比双星还快活多了。"

新人笑说："你们念书人的能干只会在女人面前搬唇弄舌罢；好听极了！听你的话语，也可以不用那发妙音的鸟儿了，有了别的声音，倒嫌噪杂咧！……可是，我的人哪，设使我一旦死掉，你要怎办呢？"

这一问，真个是平地起雷咧！但不晓得新婚的人何以常要发出这样的问。不错的，死的恐怖，本是和快乐的愿望一齐来的呀。他的眉不由得不皱起来了，酸楚的心却拥出一副笑脸，说："那么，我也可以做个孤星。"

"咦，恐怕孤不了罢。"

"那么，我随着你去，如何？"他不忍看着他的新人，掉头出去向着流水，两行热泪滴下来，正和船头激成的水珠结合起来。新人见他如此，自然要后悔，但也不能对她丈夫忏悔，因为这种悲哀的霉菌，众生都曾由母亲的胎里传染下来，谁也没法医治的。她只能说："得啦，又伤心什么？你不是说我们在这时间里，凡有不吉利的话语，都是吉利的么？你何不当做一种吉利话听？"她笑着，举起丈夫的手，用他的袖口，帮助他擦眼泪。

他急得把妻子的手摔开说："我自己会擦。我的悲哀不是你所能擦，更不是你用我的手所能灭掉的，你容我哭一会罢。我自己知道很穷，将要养不起你，所以你……"

妻子忙煞了，急掩着他的口，说："你又来了。谁有这样的心思？你要哭，哭你的，不许再往下说了。"

这对相对无言的新夫妇，在沉默中随着流水湾行，一直驶入林荫深处。自然他们此后定要享受些安泰的生活。然而在那邮件难通的林中，我们何从知道他们的光景？

三年的工夫，一点消息也没有！我以为他们已在林中做了人外的人，也就渐渐把他们忘了。这时，我的旅期已到，买舟从槟榔屿回来。在二等舱上，我遇见一位很熟的旅客。我左右思量，总想不起他的名姓，幸而他还认识我，他一见我便叫我说："落君，我又和你同船回国了！你还记得我吗？我想我病得这样难看，你决不能想起我是谁。"他说我想不起，我倒想起来了。

我很惊讶，因为他实在是病得很厉害了。我看见他妻子不在身边，只有一个咿哑学舌的小婴孩躺在床上。不用问，也可断定那是他的子息。

他倒把别来的情形给我说了。他说："自从我们到那里，她就病起来。第二年，她生下这个女孩，就病得更厉害了。唉，幸运只许你空想的！你看她没有和我一同回来，就知道我现在确是成为孤星了。”

我看他憔悴的病容，委实不敢往下动问，但他好像很有精神，愿意把一切的情节都说给我听似的。他说话时，小孩子老不容他畅快地说。没有母亲的孩子，格外爱哭，他又不得不抚慰她。因此，我也不愿意扰他，只说：“另日你精神清爽的时候，我再来和你谈罢。”我说完，就走出来。

那晚上，经过马来海峡，船震荡得很。满船的人，多犯了“海病”。第二天，浪平了。我见管舱的侍者，手忙脚乱地拿着一个麻袋，往他的舱里进去。一问，才知道他已经死了，侍者把他的尸洗净，用细台布裹好，拿了些废铁、几块煤炭，一同放入袋里，缝起来。他的小女儿还不知这是怎么一回事，只咿哑地说了一两句不相干的话。她会叫“爸爸”、“我要你抱”、“我要那个”等等简单的话。在这时，人们也没工夫理会她、调戏她了，她只独自说自己的。

黄昏一到，他的丧礼，也要预备举行了。侍者把麻袋拿到船后的舷边。烧了些楷钱，口中不晓得念了些什么，念完就把麻袋推入水里。那时船的推进机停了一会，隆隆之声一时也静默了。船中知道这事的人都远远站着看，虽和他没有什么情谊，然而在那时候却不免起敬的。这不是从友谊来的恭敬，本是非常难得，他竟然承受了！

他的海葬礼行过以后，就有许多人谈到他生平的历史和境遇。我也钻入队里去听人家怎样说他。有些人说他妻子怎样好，怎样可爱。他的病完全是因为他妻子的死，积哀所致的。照他的话，他妻子葬在万绿丛中，他却葬在不可测量的碧晶岩里了。

旁边有个印度人，拈着他那一大缕红胡子，笑着说：“女人就是悲哀的萌蘖，谁叫他如此？我们要避掉悲哀，非先避掉女人的纠缠不可。我们常要把小女儿献给殑迦河神，一来可以得着神惠，二来省得她长大了，又成为一个使人悲哀的恶魔。”

我摇头说：“这只有你们印度人办得到罢了，我们可不愿意这样办。诚然，女人是悲哀的萌蘖，可是我们宁愿悲哀和她同来，也不能不要她。我们宁愿她嫁了才死，虽然使她丈夫悲哀至于死亡，也是好的。要知道丧妻的悲哀是极神圣的悲哀。”

日落了，蔚蓝的天多半被淡薄的晚云涂成灰白色。在云缝中，隐约露出一两颗星星。金星从东边的海涯升起来，由薄云里射出它的光辉。小女孩还和平时一样，不懂得什么是可悲的事。她只顾抱住一个客人的腿，绵软的小手指着空外的金星，说：“星！我要那个！”她那副嬉笑的面庞，迥不像个孤儿。

今天

陈眉公先生曾说过："天地有一大账簿：古史，旧账簿也，今史，新账簿也。"他的历史账簿观，我觉得很有见解。记账的目的不但是为审察过去的盈亏来指示将来的行止，并且要清理未了的账。在我们的"新账簿"里头，被该的账实在是太多了。血账是页页都有，而最大的一笔是从三年前的7月7日起到现在被掠去的生命、财产、土地，难以计算。我们要擦掉这笔账还得用血、用铁、用坚定的意志来抗战到底。要达到这目的，不能不仗着我们的"经理们"与他们手下的伙计的坚定意志，超越智慧，与我们股东的充足的知识、技术和等等的物质供给。再进一步，当要把各部分的机构组织到更严密，更有高度的效率。

"文官不爱钱，武将不惜死"的名言是我们听熟了的。自军兴以来，我们的武士已经表现出他们不惜生命以卫国的大牺牲与大忠勇的精神。但我们文官的中间，尤其是掌理财政的一部分人，还不能全然走到"不爱钱"的阶段，甚至有不爱国币而爱美金的。这个，许多人以为是政治还不上轨道的现象，但我们仍要认清这是许多官人的道德败坏，学问低劣，临事苟办，临财苟取的结果。要擦掉这笔“七七”的血账，非得把这样的坏伙计先行革降不可。不但如此，在这抵抗侵略的圣战期间，不爱钱、不惜死之上还要加上勤快和谨慎。我们不但不爱钱，并且要勤快办事；不但不惜死，并且要谨慎作战。那么，日人的凶焰虽然高到万丈，当会到了被扑灭的一天。

在知识与技术的贡献方面，几年来不能说是没有，尤其是在生产的技术方面，我们的科学家已经有了许多发明与发现（请参看卓芬先生的近年生产技术的改进。香港《大公报》二十九年七月五日特论）。我们希望当局供给他们些安定的实验所和充足的资料，因为物力财力是国家的命脉所寄，没有这些生命素，什么都谈不到。意志力是寄托在理智力上头的。这年头还有许多意志力薄弱的叛徒与国贼民贼的原因，我想就是由于理智的低劣。理智低劣的人，没有科学知识，没有深邃见解，没有清晰理想，所以会颓废，会投机，会生起无须要的悲观。这类的人对于任何事情都用赌博的态度来对付。遍国中这类赌博的人当不在少数。抗战如果胜利，在他们看来，不过是运气好，并非我们的能力争取得来的。这样，哪里成呢？所以我们要消灭这种对于神圣抗战的赌博精神。知识与理想的栽培当然是我们动笔管的人们的本分。有科学知识当然不会迷信占卜扶乩，看相算命一类的事，赌博精神当然就会消灭了。迷信是削弱民族意志力的毒刃，我们从今日起，要立志扫除它。

物质的浪费是削弱民族威力的第二把恶斧。我们都知道我们是用外货的国家，但我们都忽略了怎样减少滥用与浪费的方法。国民的日用饮食，应该以“非不得已不用外物”为宗旨。

烟酒脂粉等等消耗，谋国者固然应该设法制止，而在国民个人也须减到最低限度。大家还要做成一种群众意见，使浪费者受着被人鄙弃的不安。这样，我们每天便能在无形中节省了许多有用的物资，来做抗建的用处。

我们很满意在这过去的三年间，我们的精神并没曾被人击毁，反而增加更坚定的信念，以为民治主义的卫护，是我们正在与世界的民主国家共同肩负着的重任。我们的命运固然与欧美的民主国家有密切的联系，但我们的抗建还是我们自己的，稍存依赖的心，也许就会摔到万丈的黑崖底下。破坏秩序者不配说建设新秩序。新秩序是能保卫原有的好秩序者的职责。站在盲的蛮力所建的盟坛上的自封自奉的民主，除掉自己仆下来，盟坛被拆掉以外，没有第二条路可走，因为那盟坛是用不整齐、没秩序和腐败的砖土所砌成的。我们若要注销这笔“七七”的血账，须常联合世界的民主工匠来毁灭这违理背义的盟坛。一方面还要加倍努力于发展能力的各部门，使自己能够达到长期自给，威力累增的地步。

祝自第四个“七七”以后的层叠胜利，希望这笔血账不久会从我们的新账簿擦除掉。

劳动的究竟

要问劳动的究竟在哪里，就得先问人生的究竟到底是什么？我知道些个问题因着个人不同的意见，定要发出许多相异的回答。若是照愚见，可就要抱“安乐”这两个字拿来做答案了。何以故呢？因为一切生物都是向着安静娱乐那方面迈步，遇着不得已的情形才肯冒险、奋斗和劳动。在平常的日子虽然会发生好些冒险、奋斗和劳动的事实，但是从根本研究起来还是离不了为将来的安乐的预备。人性好安乐更是不可逃的事实。我一用功念书，就有好些朋友问我：“你不累吗？”我一动手工作，也就有人问我：“你为什么不觉得累呢？……那是快活事吗？”问人家“累不累”是表明哀悯别人过于劳动的意思，所以说，人类生来就好安乐是定然的。写到这里，可又发生许多冲突的问题，就是：人类生来既然是好安乐，为什么亘东、西、南、北，过去、现在的人都以勤劳为道德的义务呢？为什么社会不赞美安逸和怠惰呢？这问题是不难回答的，我们往后研究一下就可以解决了。

原来我们寄身在这微尘似的天体上面，它的自身是常动不息的。它要动身才能支持它在太空里的位置，由它的动而生的力就激刺一切的生物教它们不能不动。所以人也要动才能在这天体上面站得住。人类一方面受自然的影响，一方面又要求自己的安乐，因此不能不想方法去调和两方面的冲突，结果就生出一种“欲逸先劳”的道德观念来。我们当然会吃，不会做人做“行尸”，也是看人在世间不适应自然的势力，像死体一般地不会动作是不成的。说到适应的话，除了用劳力去整理，去争战，可就没有别的方法了。

整理自然力，和与自然力角胜负，为的是什么呢？是想要得着一个主宰的地位，想在宇宙内得着一切的享受。有享受才受有安乐，战胜一分自然力就是得着一分的享受。因此可以说劳动是得着安乐的手段。但是自然非常之大，集合人类全体劳动的气力来和它比一比，简直以扶摇风和蚊蚋的呼吸相较一般。“一劳永逸”的工作方法是骗人的说话，是教我们安于懈怠的动原。因为我们用尽九牛二虎的力量才能够在这动的天体上面取得一点享受，算来还不及那无漏的安乐的万一咧。围绕我们的安乐既然那么大，故此得它的手段也得常常用。简单说一句：自然力无限，我们的劳动也不息。

我们既以劳动为取得安乐的手段，就可以说不劳动则无安乐，也可以说劳动与安乐是相因依的。从前对于劳动的见解，以为要两手执着工具去工作才能算为劳动；就是劳动问题也是局限于制造厂的工人待遇、工资和工作时间的问题。但是现在的劳动问题扩大了，或用心力或体力去和自然界斗争的都可以算作劳动家。日日和我们接近的人——除了行尸以外——都可用“劳动家”的徽号来给他们。因为劳动家的种类不同，劳动的形式复杂，人类现在又没有通天晓地的本领，所以各人要尽自己的能量（Capacity）向各方面去发展他的工作，为的是要教人类的全体能够速速地得着几分安乐。

有人问：“人类的劳动既是要得着安乐，那么，安乐是在劳动的时候能够同时得着的呢？还是在劳动以后才能得着呢？若说同时可以得着安乐罢，又不大见得；若说在劳动以后才能得着罢，在个人的享受又很有限，何必苦苦地去求它呢？”我要回答说：在劳动的时间里头本来可以得着快乐，而劳动以后所得的是安心。我们要注意的不是劳动以后的安心，乃是与劳动同时发生的快乐，因为教劳动家在劳动时间内感受快乐是很要紧的。现在的人在劳动的时候没有十分大的快感的缘故，是因为他们的劳动是奴隶的，不是主人的；是机械的，不是灵智的。精神身体两方面受人支配的劳动家，用力去挣脱苦痛的束缚还怕不能支持得住，那所谓安乐的感觉自然是没有的。

机械的劳动是什么呢？好像大制造厂里头的工人，有些整天只是安螺丝钉的，有些整天只是在每块木板上钻几个窟窿的，天天是这样，月月是这样，必定会发生不耐烦的心事，见着劳动就厌恶起来。有这样的现象，纵然减少劳动的时间，增加工资，也不能鼓励他们，教他们对于所做的工夫有充分的热忱和快感。

要使劳动者对于制造厂的工作发生快感是很难的。要改革制造厂的制度，教他没有分工的趋向，也是办不到的。所能做的事情，除了减少机械的劳动，增加灵智的劳动以外，没有更好的方法。灵智的劳动就是教工人在应该做的事情以外有得着发展智力的机会，借此养成他们的创造力。由创造的劳动那方面去着想，工人才能觉得他们工作愉快。因为创造是可乐的，工人对着由他们的创造力所得劳动的产物，满可以安慰他们，减少他们那种机械的劳动的痛苦。

养成工人的创造力的办法，最好是在每星期内用数小时的工夫将工人应具的常识讲给他们听，教他们的头脑因此清楚一点。至于给他们有灵智的劳动的机会这一层，可以量才让他们共同管理厂内等等的事务；对于有创造力的工人可以让给他们或是借给他们应用的工具和材料，或是教他们自己组织一个灵智劳动的团体，在那里头供给一切应用的东西，就不致于侵害到厂里资财。这样办起来，劳动者必不会觉得他们的工作所有的痛苦，而且要当工作是一件快乐的事。卖力的人和买力的人冲突也可以减少了。

以上几段话是专指着制造厂的劳动家说。其余的人因为劳动的形式不同，所以对待的方法也不能一样。大概在制造厂以外的劳动者比较容易感受快乐，也不必特别地替他们打什么算盘。此外可以说的还有灵智的制造厂——学校——的劳动问题。

现在的学校——中等教育以下居多——待遇学生有些地方和旧式的制造厂待遇工人的方法差不多。即如每日的功课几乎全是用脑的，至于注意身手的发达到底是很少，纵然有，也不过是一星期有四五时的体操和手工——体操不能算为正式的劳动——还有些地方连手工也没有的。这样多用脑力的结果也是会变成机械的劳动，至终教学生感受痛苦的。普通的学生常不喜欢兵式体操，也是因为这样的操法含有机械性的缘故。所以我们要想方法去增加学生在课内课外的灵智的劳动，和减少别的不关紧要的课程，教他们对于劳力所得的出品能够快快活活地享受。如果照着这样行，一定要比那有规则的体操和形式的手工还要强得多多哪。

总之，我们对于等等劳动的见解，必要看看它做创造的和灵智的；而劳动的自身就是得着安乐的手段，在劳动进行时也可以得着愉快。凡没有创造和灵智的能力的劳动，须要排斥它。那么，在劳动的时候虽然肉体上有时觉得不舒服，也不能因此就失掉快乐，而且会鼓励他在越困难的时候有劳动的精神。就是他自已暂时不能得安乐，也可以教他想着他的劳动是为公众的福利起见的。他看见众人得着安乐，也就把劳动的困难忘记了。

再结一句说：劳动的究竟是要得着安乐，而安乐又是随时伴着劳动而生的。记得番禺林伯桐先生的话："人生未必有不求乐者：以乐为乐，非知乐者也；以忧为乐，非可乐者也；乐之实在于能劳。……今夫农夫作劳，人人所知。当其耕耘，暑雨不敢避，饥渴不暇顾，其劳至矣。然计日以待其所劳劳者，未几而苗矣，而秀矣，而实矣。服田力劳，乃亦有秋则乐矣。岁晚务间，役车其休，诵蟋蟀之诗，歌瓠叶之章，则乐不可支矣。彼草之宅，禽之飨不能与良农同此乐者，由其不昏作劳耳……"念这几句话，我们更可以理会劳动的究竟在一切的事情上头都是如此的。

造成伟大民族的条件

——对北京大学学生讲

有一天，我到天桥去，看那班“活广告”在那里夸赞自己的货色。最感动我的是有一家剃刀铺的徒弟在嚷着“你瞧，你瞧，这是真钢！常言道：要买真钢一条线，不买废铁一大片”。真钢一条线强过废铁一大片，这话使我联想到民族的问题，民族的伟大与渺小是在质，而不在量。人多，若都像废铁，打也打不得、铸也铸不得，不成材，不成器，那有什么用呢？反之，人少，哪怕个个像一线的钢丝，分有分的用处，合有合的用处。但是真钢和废铁在本质上本来没有多少区别，真钢若不磨砺锻炼也可以变为废铁。废铁若经过改造也可以变为真钢。若是连一点也炼不出来，那只可称为锈，连名叫废铁也有点够不上。一个民族的存在，也像铁一样，不怕锈，只怕锈到底。锈到底的民族是没有希望的。可是要怎样才能使一个民族的铁不锈，或者进一步说，怎能使它永远有用，永远犀利呢？民族的存在，也像“逆水行舟，不进则退”，退到极点，便是灭亡。所以这是个民族生存的问题。

民族，可以分为两种，就是自然民族与文化民族。自然民族是“不识不知，顺帝之则”的。这种民族像蕴藏在矿床里的自然铁，无所谓成钢，也无所谓生锈。若不与外界接触，也许可以永远保存着原形。文化民族是离开矿床的铁，和族外有不断的交通。在这种情形底下，可以走向两条极端的道路。若是能够依民族自己的生活的理想与经验来保持他的生命，又能采取他民族的长处来改进他的生活，那就是有作为，能向上的。这样的民族的特点是自觉的、自给的、自卫的。若不这样，一与他民族接触，便把自己的一切毁灭掉，忘掉自己，轻侮自己，结果便会走到灭亡的命运。我们知道自古到今，可以够得上称为文化民族的有十个。

第一，苏摩亚甲民族（Sumerian Akkadian）。这民族文化发展的最高点是从西纪前 3200 年到 1800 年。

第二，埃及民族（Egyptian）。发展的顶点是从西纪前 2800 年到 1200 年。

第三，赫代亚述民族（Hittite - Assyrian）。起自小亚细亚中部，最后造成大利乌王（Darius）的伊兰帝国。发展的顶点是从西纪前 1800 年到 800 年。

第四，中华民族。发展的顶点是从周到汉，就是西纪前 1126 年到西纪 220 年。

第五，印度民族。发展的时代也和中华民族差不多，但是降落得早一点。

第六，希腊罗马民族。这两民族文化是一线相连的，所以可以当做一个文化集团看。发展的顶点是从西纪前约 1200 年起于爱琴海岸直到罗马帝国的末运，西纪 295 年。

第七，犹太天方民族。这民族的文化从西纪前 600 年起于犹太直到回教建立以后几百年间。

第八，摩耶民族（Maya）。发生于美洲中部，时间或者在西纪前 600 年，到新大陆被发现后，西班牙人把这民族和文化一起毁灭掉。

第九，西欧民族：包括日耳曼，高卢，盎格鲁撒逊诸民族。发展的顶点从西纪 900 年直到现在。

第十，斯拉夫民族。这民族的文化以俄罗斯为主，产生于欧战后，时间离现在太近，还不能定出发展的倾向来。

我们看这十个文化民族，有些已经消灭，有些正在衰落，有些在苟延残喘，有些还可以勉强支持，有些正在发生。在这十个民族以外，当然还有文化民族，像日本民族、斯干地那维安民族、北美民族等都是。但严格地说起来，维新以前的日本文化不过是中华文化的附庸，维新后又是属于西欧的。所以大和的文化或者还在孕育的时期罢。同样，北美和北欧的民族也是承受西欧的统系，还没有建立为特殊的文化。美利坚虽然也在创造新文化的行程上走，但时间仍是太短，未能如斯拉夫民族那么积极和显明。此地并不是要讨论谁是文化民族和谁不是，只是要指出所举的民族文化发荣时期好像都在一千几百年间，他们的兴衰好像都有一定的条件。若合乎兴盛的条件，那民族便可以保存，不然，便渐次趋到衰灭。所以一种文化能被维持得越久长，传播越广远就够得上称为伟大。伟大的和优越的文化存在于伟大的民族中间。所谓伟大是能够包容一切美善的事物的意思，所谓优越是凡事有进步，不落后的意思。包容的范围有广狭，进步的程度有迟速，在这里，文化民族间的优劣就显出来了。进步得慢，包容得狭，还可以维持，怕的不能够容而且事事停顿。停顿就是退步，就容易被高文化的民族，甚至于野蛮民族所征服。然则要怎样才能使文化不停顿呢？不停顿的文化是造成伟大民族的要素。所以我们可以换一句话来问，要具什么条件才能造成伟大的民族？现在且分列在下面。

一　凡伟大的民族必拥有永久性的典籍和艺术

典籍与艺术是连续文化的线。线有脆韧，这两样也有久暂。所谓永久性是说在一个民族里，从他的世界观与人生观所产出的典籍多寓“恒久之至道，不刊之鸿教”（《文心雕龙·宗经》）；艺术作品无论在什么时代都能“奋至德之光，动四气之和，以著万物之理”，乃至能使人间“耳目聪明，血气和平，移风易俗，天下皆宁”（《礼记·乐记》）。典籍和艺术虽然本身含有永久性，也得依赖民族自己的信仰、了解和爱护才能留存。古往今来，多少民族丢了他们宝贵的文化产品，都由于不知爱惜，轻易舍弃。我们知道一个民族的礼教和风俗是从自有的典籍和艺术的田地发育而成的。外来的理想和信仰只可当做辅成的材料，切不可轻易地舍己随人。民族灭亡的一个内因，是先舍弃自己的典籍和艺术，由此，自己的礼俗也随着丧失。这样一代一代自行摧残，民族的特性与特色也逐渐消灭，至终连自己的生存也陷入危险的境地，所以永久性是相对的，一个民族当先有民族意识然后能保持他的文化的遗产。

二　凡伟大的民族必不断地有重要的发明与发现

学者每说“需要是发明之母”，但是人间也有很需要而发明不出来的事实。好像汽力和电力，飞天和遁地的器具，在各民族间不能说没需要。汽力和电力所以代身体的劳力，既然会用牛马，便知人有寻求代劳事物的需要，但人间有了很久的生活经验，却不会很早地梦想到利用它们。飞天和遁地的玄想早已存在，却要到晚近才实现。可见在需要之外，应当还有别的条件。我权且说这是“求知欲”与“求全欲”。人对于宇宙间的物与则当先有欲知的意志，由知而后求透彻的理解，由理解而后求完全的利用。要如此发明与发现才可以办到。凡能利用物与则去创物，既创成又能时刻改进，到完美地步都是求知与求全的欲望所驱使的。中华民族的发明与发现能力并不微弱，只是短少了求全的欲望，因此对于所创的物、所说的物，每每为盲目的自满自足。一样物品或一条道理被知道以后，再也没有进前往深追究的人。乃至凡有所况，都是推磨式的，转来转去，还是回到原来那一点上。血液循环的原理在中国早已被发现，但“运行血气”的看法于医学上和解剖学上没有多少贡献。木鸢飞天和飞车行空的事情，自古有其说，最多只能被认为世界最初会放风筝的民族，我们却没有发展到飞机的制造。木牛流马没有发展到铁轨车，火药没用来开山疏河，种种等等，并非不需要，乃因想不到。想不到便是求知与求全的欲望不具备的结果。想不到便是不能继续地发明与发现的原因。

然则，要怎样才能想得到呢？现代的发现与发明，我想是多用手的缘故。人之所以为人，能用手是主要的条件之一。由手与脑联络便产生实际的知识。古代文明与现代文明的区分，只是偏重脑与偏重手的关系。古人以手作为贱役，所以说劳力者是役于人的。他们所注重的是思想，偏重于为人间立法立道，使人有文有礼，故此哲学、文学、艺术都有相当的成就。现代人不以手作劳动为贱役，他们一面用手，一面用心，心手相应的结果便产出纯正的科学。不用手去着实做，只用脑来空想，绝不会产生近代的科学。没有科学，发明与发现也就难有了。我们可以说旧文化是属于劳心不劳力的有闲者所产，而新文化是属心手俱劳的劳动者的。而在两者当中，偶一不慎便会落到一个也不忙，也不闲，庸庸碌碌，混混沌沌的窠臼里，在这样的境地里，人做什么他便跟着做什么；人说什么他便随着说什么。我们没有好名称送给这样的民族文化，只可说是“嘴唇文化”，“傀儡文化”，或“鹦鹉禅的文化”。有这样文化的民族，虽然可以享受别人所创的事物，归到根底，他便会萎靡不振，乃至于灭亡，岂但弱小而已！

三　凡伟大的民族必具有充足的能力足以自卫卫人

一个伟大的民族是强健的、威武的。为维持正义与和平当具有充足的能力。民族的能力最浅显而具体的是武备，所以说，“兵者，国之大事，死生之地，存亡之道，不可不察也”（《孙子·始计》）。伟大民族的武备并不是率禽兽食人或损人肥己的设施。吴起说兵的名有五种："一曰义兵，二曰强兵，三曰刚兵，四曰暴兵，五曰逆兵。禁暴救乱曰义；恃众以伐曰强；因怒兴师曰刚：弃礼贪利曰暴；国乱人疲，举事动众曰逆。"（《吴子·图国》）战争是人类还没离禽兽生活的行为，但在距离大同时代这样道阻且长的情形底下，人不能不戒备，所以兵是不可少的。禁暴救乱是伟大民族的义务。他不能容忍人类受任何非理的摧残，无论族内族外，对于刚强暴逆诸兵，不恤舍弃自己去救护。要达到这个地步，民族自己的修养是不可缺乏的。他要先能了解自己，教训自己，使自己的立脚处稳固，明白自己所负的责任，知道排难解纷并不是由于恚怒和贪欲，乃是为正义上的利人利己。我们可以借佛家的教训来说明自护护他的意义。"若自护者，即是护他；若护他者，便成自护。云何自护即是护他？自能修习。多修习故，有所证悟。由斯自护，即是护他。云何护他便成自护？不恼不恚，无怨害心，常起慈悲，愍念于物。是名扩他变成自护。"（《有部毗奈耶下十八》）能具有这种精神才配有武备。兵可以为义战而备，但不一定要战，能够按兵不动，用道理来折服人，乃是最高的理想。孙子说："百战百胜，非善之善者也：不战而屈人之兵，善之善也。"（《谋玫》）这话可以重新地解说。我们生在这有武力才能讲道义的时代，更当建立较高的理想，但要能够自护才可以进前做。如果自己失掉卫护自己的能力那就完了。摩耶民族的文化被人毁灭，未必是因为当时的欧洲人的道德高尚或理想优越，主要原因还是自卫的能力低微罢了。

四 凡伟大的民族须有多量的生活必需品

物质生活是生物绝对的需要。所以天产的丰歉与民族生产力的强弱，也是决定民族命运的权衡。我们可以说凡伟大的民族都是自给的，不但自给，并且可以供给别人。反过来说，如果事事物物仰给于人，那民族就像笼中鸟、池里鱼，连生命都受统制，还配讲什么伟大？假如天赐的土地不十分肥沃，能进取的民族必要用心手去创造，不达到补天开物的功效不肯罢休。就拿粮食来说罢，“民以食为天”，没得粮食是变乱和战争的一个根源。若是粮食不足，老向外族求籴，那是最危险不过的事。正当的办法是尽地力、尽天工、尽人事。能使土地生产量增加是尽地方，能发现和改善无用的植物使它们成为农作物是尽天工，能在工厂里用方法使一块黏土在很短的期间变成像面粉一样可以吃得的东西是尽人事。中华古代的社会政策在物质生活方面最主要的是足食主义。“国无九年之蓄曰不足；无六年之蓄曰急；无三年之蓄曰国非其国也。”（《礼记·王制》）无三年之蓄即不能成国，何况连一日之蓄都没有呢？在理想上，应有九年之蓄，然后可以将生产品去供给别人；不然，便会陷入困难的境地，民族的发展力也就减少了。

五　凡伟大的民族必有生活向上的正当理想，不耽于物质的享受

物质生活虽然重要，但不能无节制地享用。沉湎于物质享受的民族是不会有高尚的理想的。一衣一食，只求其充足和有益，爱惜物力，守护性情，深思远虑，才能体会他和宇宙的关系。人类的命运是被限定的，但在这被限定的范围里当有向上的意志。所谓向上是求全知全能的意向，能否得到且不管它，只是人应当努力去追求。为有利于人群，而不教自己或他人堕落与颓废的物质享受是可以有的。我们也可说伟大的民族没有无益的嗜好，时时能以天地之心为心。古人所谓“明明德，止至善”，便是这个意思。我信人可以做到与天同体、与地合德的地步，那只会享受不乐思唯的民族对于这事却不配梦想。

六　凡伟大的民族必能保持人生的康乐

人生的目的在人人能够得到安居乐业。人对于他的事业有兴趣才会进步。强迫的劳作或为衣食而生活是民族还没达到伟大的境地以前所有的事情。所谓康乐并不是感官的愉快，乃是性情的满足，由勤劳而感到生活的兴趣。能这样才是真幸福。在这样的社会里，虽然免不了情感上的与理智上的痛苦，而体质上的缺陷却很少见。到这境地人们的情感丰富，理智清晰，

生无贪求，死无怨怼，他们没有像池边的鹭鸶或街旁的瘦狗那样的生活。

以上六条便是造成伟大民族的条件。现存的民族能够全备这些条件的，恐怕还没有。可是这理想已经存在各文化民族意识里，所以应有具备的一天。我们也不能落后，应当常存着像《礼记·杂记》中所记的“三患”和“五耻”的心，使我们的文化不致失坠。更应当从精神上与体质上求健全，并且要用犀利的眼，警觉的心去提防克服别人所给的障碍。如果你觉得受人欺负而一时没力量做什么，便大声疾呼要“卧薪尝胆”，你得提防敌人也会在你所卧的薪上放火，在所尝的胆里下毒药。所以要达到伟大的地步，先得时刻警醒，不要把精力闲用掉，那就有希望了。

冰森对我说这稿曾有笔记稿寄到报馆去，因为详略失当，错漏多有，要我自已重写出来。写完之后，自己也觉得没有新的见解，惭愧得很，请读者当随感录看吧。

作者附记

民国一世

——三十年来我国礼俗变迁的简略的回观

转眼又到民国三十年，用古话来说，就是一世了。这一世的经历真比前些世代都重要而更繁多，教大家都感觉是在一个完全不同的世界里生活着。这三十年的政治史，说起来也许会比任何时代都来得复杂。不过政治史只是记载事情发生后的结果，单从这面看是看不透的。我们历来的史家讲政必要连带地讲到风俗，因为风俗是民族的理想与习尚的反映，若不明了这一层，对于政治的进展的观察只能见到皮相。民国一世的政治史，说来虽然教人头痛，但是已经有了好些的著作。在这期间，风俗习尚的变迁好像还没有什么完备的记载，所以在这三十年度开始，我们对于过去二十九年的风尚不妨做一个概略的回观。自然这篇短文不是写风俗史，不过试要把那在政治背后的人民生活与习尚叙述一二而已。

民国的产生是先天不足的。三十年前的人民对于革命的理想与目的多数还在睡梦里，辛亥年（民国前一年，也是武昌起义的那一年）三月二十九的下午在广州发动的不朽的革命举动，我们当记得，有名字的革命家只牺牲了七十二人！拿全国人民的总数来与这数目一比，简直没法子列出一个好看的算式。那时我是一个中学生。住在离总督衙门后不远的一所房子，满街的人在炸弹声响了不久之后，都嚷着“革命党起事了”！大家争着关铺门，除招牌，甚至什么公馆、寓、第、宅、堂等等红纸门榜也都各自撕下，唯恐来不及。那晚上，大家关起大门，除掉天上的火光与零碎的枪声以外，一点也不见不闻。事平之后，回学堂去，问起来，大家都说没见过革命党，只有两三位住在学堂里的先生告诉我们说有两三个操外省口音，臂缠着白毛巾的青年曾躲在仪器室里。其中有一个人还劝人加入革命党，那位先生没答应他，他就鄙夷地说：“蠢才，有便宜米你都不吃……”他的理想只以为革命成功以后，人人都可以有便宜的粮食了，这种革命思想与古代的造反者所说的口号没有什么分别。自然那时有许多青年也读过民族革命的宣传品，但革命的建国方略始终为一般人所没梦想过，连革命党员中间也有许多是不明白他们正在做着什么事情。不到六个月，武昌起义了。这举动似乎与广州革命不相干，但竟然成功了。人民的思想是毫无预备，只混混沌沌地站在革命的旗帜下，不到几个月，居然建立了中华民国。

民国成立以后，关于礼俗的改革，最显著的是剪辫，穿西服，用阳历，废叩头等等。剪辫在民国前两三年，广州与香港已渐成为时髦，原因是澳美二洲的华侨和东西留学生回国的很多。他们都是短服（不一定是西装）、剪发、革履，青年学生见了互相仿效，还有当时是军国民主义的教育，学生的制服就是军装。许多人不喜欢把辫子盘过胁下扣在胸前的第一颗钮扣上，都把它剪掉，或只留顶上一排头发，戴军帽时，把辫子盘起来，叫做“半剪”。当时人管没辫子的人们叫做“剪辫仔”或“有辫仔”，稍微客气一点的就叫他们的打扮做“文明装”或“金山文明装”，现在广州与香港的理发师还有些保留着所谓“金山装”的名目的。在民国前三年，我已经是个“剪辫仔”，先父初见我光了头，穿起洋服，结了一条大红领带，虽没生气，却摇着头说，“文明不能专在外表上讲”。

广东反正，我们全家搬到福建，寄寓在海澄一个朋友的乡间。那里的人见我们全家的男子，连先父也在内，都没有辫子，都说我们是“革命仔”，乡下人有许多不愿意剪辫，因为依当地风俗，男子若不是当和尚或犯奸就不能把辫子去掉。他们对于革命运动虽然热烈地拥护，但要他们剪掉辫子却有点为难，所以有许多是被人硬剪掉的。有些要在剪掉之后放一串炮仗；有些还要祭过祖先才剪。这不是有所爱于满洲人的装束，前者是杀晦气，后者是本着“身体发肤，受之父母”的教训。你如问为什么剃头就不是“毁伤”，他就说从前是奉旨及父母之命而行的。民国元年，南方沿海的都市有些有女革命军的组织，当时剪发的女子也不少，若不因为女革命军的声誉不好和军政当局的压抑，女子们剪发就不必等到民国十六年以后才成为流行的装扮了。当盛行女子剪发的时候，东三省有位某帅，参观学校，见某女教员剪发，便当她是共产党员，把她枪毙了。她也可以说是为服装而牺牲的不幸者。

讲到衣服的改变，如大礼服，小礼服之类，也许是因为当时当局诸明公都抱“文明先重外表”的见解，没想到我们的纺织工业会因此而吃大亏。我们的布匹的宽度是不宜于裁西装的，结果非要买入人家多量的洋材料不可。单说输入的纽扣一样。若是翻翻民国元年以后海关的黄皮书，就知道那数字在历年的增加是很可怕的了。其他如硬领、领带、小梳子、小镜子等等文明装的零件更可想而知了。女人装束在最初几年没有剧烈的变迁，当时留学东洋回国的女学生很多，因此日本式的髻发、金边小眼镜、小绢伞、手提包，成为女子时髦的装饰。后来女学生的装束被旗袍占了势力，一时长的、短的、宽的、窄的，都以旗袍式为标准，裙子渐渐地没人穿了。民国十四五年以后，在上海以伴舞及演电影的职业女子掌握了女子时髦装束的威权，但全部是抄袭外国的，毫无本国风度。直到现在，除掉变态的旗袍以外，几乎辨别不出是中国装了。在服装上，我们的男女多半变了被他人装饰的人形衣架，看不出什么民族性来。

衣服直接影响到礼俗，最（显）著的是婚礼。民国初年，男子在功令上必要改装，女子却是仍旧，因此在婚礼上就显出异样来。在福建乡间，我亲见过新郎穿的是戏台上的红生袍，戴的是满镶着小镜子的小生巾，因为依照功令，大礼服与大礼帽全是黑的，穿戴起来，有点丧气。间或有穿戴上的，也得披上红绸，在大高帽上插一金花，甚至在草帽上插花披红，真可谓不伦不类。不久，所谓“文明婚礼”流行了。新娘是由凤冠霞帔改为披头纱和穿民国礼服。头纱在最初有披大红的，后来渐渐由桃红淡红到变为欧式的全白，以至守旧的太婆不愿意，有些说：“看现在的新娘子，未死丈夫先带孝！”这种风气大概最初是由教会及上海的欧美留学生做起，后来渐渐传染各处。现在在各大都市，甚至礼饼之微也是西装了！什么与我们的礼俗不相干的扔破鞋、分婚糕、度蜜月，件件都学到了。还有，新兴的仪仗中间有军乐队，不管三七二十一胡乱吹打一气。如果新娘是曾在学校毕业的，那就更荣耀了，有时还可以在迎亲的那一天把文凭安置在彩亭里扛着满街游行。

至于丧礼，在这三十年来的变迁却与婚礼不同。从君主政策被推翻了之后，一切的荣典都排不到棺材前，孝子们异想天开，在仪仗里把挽联、祭幛、花圈等等，都给加上去了。讣告在从前是有一定规矩的，身份够不上用家人报丧的就不敢用某宅家人报丧的条子或登广告。但封建思想的遗毒不但还未除净，甚且变本加厉，随便一个小小官吏或稍有积蓄的商人的死丧，也可以自由地设立治丧处，讣告甚至可以印成几厚册，文字比帝制时代实录馆的实录的内容还要多。孝子也给父母送起挽联或祭幛来了。花圈是胡乱地送，不管死者信不信耶稣，有十字架表识的花圈每和陀罗尼经幛放在一起。出殡的仪仗是七乱八糟，讲不上严肃，也显不出哀悼，只可以说是排场热闹而已。穿孝也近乎欧化，除掉乡下人还用旧礼或缠一点白以外，都市人多用黑纱绕臂，有时连什么徽识也没有。三年之丧再也没能维持下去了。

说到称谓，在民国初年，无论是谁，男的都称先生，女的都称女士，后来老爷、大人、夫人、太太、小姐等等旧称呼也渐渐随着帝制复活起来。帝制翻不成，封建时代的称呼反与洋封建的称呼互相翻译，在太太们中间，又自分等第，什么“夫人”“太太”都依着丈夫的地位而异其称呼，男方面，什么“先生”，什么“君”，什么“博士”、“硕士”也做成了阶级的分别，这都是封建意识的未被铲除，若长此发展下去，我们就得提防将来也许有“爵爷”、“陛下”等等称呼的流行。个人的名字用外国的如约翰、威灵顿、安妮、莉莉、伊利沙白之类越来越多，好像没有外国名字就不够文明似的。日常的称如“蜜丝”、“蜜丝打”、“累得死”、“尖头鳗”一类的外国货格外流行，听了有时可以使人犯了脑溢血的病。

一般嗜好，在这二十九年，也可以说有很大的变更。吃的东西，洋货输进来的越多。从礼品上可以看出芝古力糖店抢了海味铺不少的买卖，洋点心铺夺掉茶食店大宗的生意。冰激凌与汽水代替了豆腐花和酸梅汤。俄法大菜甚至有替代满汉全席的气概。赌博比三十年前更普遍化，麻雀牌的流行也同鸦片白面红丸等物一样，大有燎原之势，了得么！

历法的改变固然有许多好处，但农人的生活却非常不便，弄到都市的节令与乡间的互相脱节。都市的商店记得西洋的时节如复活节、耶稣诞等，比记得清明、端午、中秋、重九、冬至等更清楚。一个耶稣诞期，洋货店可以卖出很多洋礼物，十分之九是中国人买的，难道国人有十分之九是基督徒么？奴性的盲从，替人家凑热闹，说来很可怜的。

最后讲到教育。这二十九年来因为教育方针屡次地转向，教育经费的屡受政治影响，以致中小学的教育基础极不稳固。自“五四”运动以后，高等教育与专门学术的研究比较有点成绩，但中小学教育在大体上说来仍是一团糟。尤其是在都市的那班居心骗钱，借口办学的教育家所办的学校，学科不完备，教师资格的不够，且不用说，最坏的是巴结学生，发卖文凭，及其他种种违反教育原则的行为，那班人公然在国旗或宗教的徽帜底下摧残我青年人的身心。这种罪恶是二十九年来许多办学的人们应该忏悔的。我从民国元年到现在未尝离开粉笔生涯，见中小学教育的江河日下，不禁为中国前途捏了一把冷汗。从前是“士农工商”，一入民国，我们就时常听见。军政商学，后来在“军”上又加上个“党”。从前是“四民”，现在。学所居的地位是什么，我就不愿意多嘴了。

此地的篇幅不容我多写，我不再往下说了，本来这篇文字是为祝民国三十年的，我所以把我们二十九年来的不满意处说些少出来，使大家反省一下我们的国民精神到底到了什么国去？这个我又不便往下再问，等大家放下报纸闭眼一想得了。民国算是入了壮年的阶段了。过去的二十九年，在政治上、外交上、经济上，乃至思想上，受人操纵的程度比民国未产生以前更深，现在若想自力更生的话，必得努力祛除从前种种愚昧，改革从前种种的过失，力戒懒惰与依赖，发动自己的能力与思想，要这样，新的国运才能日臻于光明。我们不能时刻希求人家时刻之援助，要记得我们是入了壮年时期，是三十岁了，更要记得援助我们的就可以操纵我们呀！若是一个人活到三十岁还要被人“援助”，他真是一个“不长进”的人。我们要建设一个更健全的国家非得有这样的觉悟与愿望不可。愿大家在这第三十年的开始加倍地努力，这样，未来的种种都是有希望的，是生长的，是有幸福的。

礼俗与民生

礼俗是合礼仪与风俗而言。礼是属于宗教的及仪式的：俗是属于习惯的及经济的。风俗与礼仪乃国家民族的生活习惯所成，不过礼仪比较是强迫的，风俗比较是自由的。风俗的强迫不如道德律那么属于主观的命令，也不如法律那样有客观的威胁，人可以遵从它，也可以违背它。风俗是基于习惯，而此习惯是于群己都有利，而且便于举行和认识。我国古来有“风化”、“风俗”、“政俗”、“礼俗”等名称。风化是自上而下言；风俗是自一社团至一社团言；政俗是合法律与风俗言；礼俗是合道德与风俗言。被定为唐朝的书《刘子·风俗篇》说：“风者气也；俗者习也。土地水泉，气有缓急，声有高下，谓之风焉。人居此地，习以成性，谓之俗焉。风有薄厚，俗有淳浇，明王之化，当称风使之雅；易俗使之正。是以上之化下，亦为之风焉。民习而行，亦为之俗焉。……”我国古说以礼俗是和地方环境有密切关系的，地方环境实际上就是经济生活。所以风俗与民生有相因而成的关系。

人类和别的动物不同的地方，最显然的是他有语言文字衣冠和礼仪。礼仪是社会的产物，没有社会也就没有礼仪风俗。古代社会几乎整个生活是礼仪风俗捆绑住，所谓“礼仪三百，成仪三千”，是指示人没有一举一动是不在礼仪与习俗里头。在风俗里最易辨识的是礼仪。它是一种社会公认的行为，用来表示精神的与物质的生活的象征、行为的警告，和危机的克服。不被公认的习惯，便不是风俗，只可算为人的或家族的特殊行为。

生活的象征。所谓生活的象征，意思是我们在生活上有种种方面，如果要在很短的时间把它们都表现出来，那是不可能的，不得已就得用身体的动作表示出来。如此，有人说，中国人的“作揖”，是种地时候，拿锄头刨土的象征行为。古时两个人相见，彼此的语言不一定相遇，但要表示友谊时，使做彼此生活上共同的行为，意思是说，“你要我帮忙种地，我很喜欢效劳”。朋友本有互助的情分，所以这刨土的姿势，便成表现友谊的“作揖”了。又如欧洲人“拉手或顿手”与中国的“把臂’有点相同，不过欧洲的文化是从游牧民族生活发展的，不像中国作揖是从农业文化发展的，拉手是象征赶羊入圈的互助行为。又如，中国的叩头礼，原是表示奴隶对于主人的服从；欧洲的脱帽礼原是武士入到人家，把头盔脱下，表示解除武装，不伤官人的意思。这些都是生活的象征。

行为的警告。依据生活的经验，凡在某种情境上不能做某样事，或得做某样事，于是用一种仪式把它表示出来。好像官吏就职的宣誓典礼，是为警告他在职位时候应尽忠心，不得做辜负民意的事情。又如西洋轮船下水时，要行掷香槟酒瓶礼，据说是不要船上的水手因狂饮而误事的意思。又如古代社会的冠礼，多半是用仪式来表示成年人在社会里应尽的义务，同时警告他不要做那违抗社会或一个失败的人。

危机的克服。人在生活的历程上，有种种危机。如生产的时候，母子的性命都很危险。这危险的境地，当在过得去与过不去之间，便是一个危机。从旧生活要改入新生活的时期，也是一个危机。如社会里成年的男女，在没有结婚的时候，依赖父母家长，一到结婚时候，便要从依赖的生活进入独立的生活，在这个将入未入的境地，也是生活的一个危机。因所要娶要嫁的男女在结合以后，在生活上能否顺利地过下去，是没有把握的。又如家里的主人就是担负一家经济生活的主角，一旦死了，在这主要的生产者过去，新的主要生产者将要接上的时候，也是一个危机。过年过节，是为时间的进行，于生产上有利不利的可能，所以也是一种危机。风俗礼仪由巫术渐次变成，乃至生活方式变迁了，仍然保留着，当做娱乐日，或休息日。

礼俗与民生的关系从上说三点的演进可以知道。生活上最大的四个阶段是生、冠、婚、丧。生产的礼俗现在已渐次消灭了。女人坐月，三朝洗儿、周岁等，因生活形式改变，社会组织更变，知识生活提高，人也不再找这些麻烦了。做生日并不是古礼，是近几百年，官僚富家，借此夸耀及收受礼物的勾当，我想这是应当禁止的。冠礼也早就不行了。在礼仪上，与民生最有关系的是婚礼与丧礼。这两礼原来会有很重的巫术色彩，人试要用巫术把所谓不祥的境遇克服过来。现在拿婚礼来说，照旧时的礼仪，新娘从上头，上轿，乃至三朝回门，层层节节，都有许多禁忌，许多迷信的仪式，如像新娘拿镜子，新郎踢轿门，闹新人等等，都含有巫术在内。说到丧礼，迷信行为更多，因为人怕死鬼，所以披麻，变形，神主所以点主，后来生活进步，便附上种种意义，人因风习也就不问而随着做了。

今天并不是要讲礼俗之起源，只要讲我们应当怎样采用礼仪，使它在生活上有意思而不至于浪费时间、金钱与精神。礼仪与风俗习惯是人人有的，但行者须顾到国民的经济生活。自入民国以来，没工夫顾到制礼作乐、变服剪发，乃成风俗，不知从此例的没顾到国民的经济与工业，以至简单纽扣一项，每年不知向外买入多少，有的矫枉过正，变本加厉，只顾捧场，不管自己财力如何，有的甚至全盘采取西礼。要知道民族生存是赖乎本地生活上传统的习惯和理想，如果全盘采用别人的礼仪风俗，无异自己毁灭自己，古人说要灭人国，得先灭人的礼俗，所以婚丧应当保留固有的，如其不便，可从简些。风俗礼仪凡与我生活上没有经验的，可以不必去学人家，像披头纱、拿花把，也于我们没有意义，为何要行呢？至于贺礼，古人对于婚丧在亲友分上，本有助理之分，不过得有用，现在人最没道理的是送人银盾、丧礼的幛，甚至有子送终父母的、也是男用女语女用男语的，最可笑的，有个殡仪，幛上写着“川流不息”！这又是乱用了。丧礼而张灯结彩，大请其客，也是不应该的，婚礼有以“文凭”为嫁妆扛着满街游行的，这也不对。

故生活简单，用钱的机会少，所以一旦有事，要行繁重的仪式，但也得依其人之经济与地位而行，不是随意的。又生产方式变迁，礼俗也当变，如丧礼在街游行，不过是要人知道某人已死，而且是个好人，因城市上人个个那么忙，谁有心读个人的历史呢？礼仪与民生的关系至密切，有时因习俗所驱，有人弄到倾家荡产，故当局者应当提倡合乎国民生活与经济的礼俗，庶几乎不教固有文化沦丧了。

国粹与国学

“国粹”这个名词原是不见于经传的。它是在戊戌政变后，当“中学为体，西学为用”的呼声嚷到声嘶力竭的时候所呼出来的一个怪口号。又因为《国粹学报》的刊行，这名词便广泛地流行起来。编《辞源》的先生们在“国粹”条下写着：“一国物质上，精神上，所有之特质。此由国民之特性及土地之情形，历史等，所养成者。”这解释未免太笼统，太不明了。国民的特性、地理的情形、历史的过程，乃至所谓物质上与精神上的特质，也许是产生国粹的条件，未必就是国粹。陆衣言先生在《中华国语大辞典》里解释说，“本国特有的优越的民族精神与文化”，就是国粹。这个比较好一点，不过还是不大明白。在重新解释国粹是什么之前，我们应当先问条件。

（一）一个民族所特有的事物不必是国粹。特有的事物无论是生理上的，或心理上的，或地理上的，只能显示那民族的特点，可是这特点，说不定连自己也不欢喜它。假如世间还有一个有尾巴的民族，从生理上的特质，使他们的尾巴显出手或脚的功用，因而造成那民族的精神与文化。以后他们有了进化学的知识，知道自己身上的尾巴是连类人猿都没有了的，在知识与运动上也没有用尾巴的必要，他们必会厌恶自己的尾巴，因而试要改变从尾巴产出来的文化。用缺乏碘质的盐，使人现出粗颈的形态，是地理上及病理上的原因。由此颈腺肿的毛病、说话的声音、衣服的样式，甚至思想，都会受影响的。可是我们不能说这特别的事物是一种“粹”，认真说来，却是一种“病”。假如有个民族，个个身上都长了无毒无害的瘿瘤，忽然有个装饰瘿瘤的风气，渐次成为习俗，育为特殊文化，我们也不能用“国粹”的美名来加在这“爱瘿民族”的行为上。

（二）一个民族在久远时代所留下的遗风流俗不必是国粹。民族的遗物如石镞、雷斧；其风俗，如种种特殊的礼仪与好尚，都可以用物质的生活、社会制度，或知识程度来解释它们，并不是绝对神圣，也不必都是优越的。三代尚且不同礼，何况在三代以后的百代万世？那么，从久远时代所留下的遗风流俗，中间也曾经过千变万化，当我们说某种风俗是从远古时代祖先已是如此做到如今的时候，我们只是在感情上觉得是如此，并非理智上真能证明其为必然。我们对于古代事物的爱护并不一定是为“保存国粹”，乃是为知识、为知道自己的过去，和激发我们对于民族的爱情。我们所知与所爱的不必是“粹”，有时甚且是“渣”。古坟里的土俑，在葬时也许是一件不祥不美之物，可是千百年后会有人拿来当做宝贝，把它放在紫檀匣里，在人面前被夸耀起来。这是赛宝行为，不是保存国粹。在旧社会制度底下，一个大人物的丧事必要举行很长时间的仪礼，孝子如果是有官守的，必定要告“丁忧”，在家守三年之丧。现在的社会制度日日在变迁着，生活的压迫越来越重，试问有几个孝子能够真正度他们的“丁忧”日子呢？婚礼的变迁也是很急剧的。这个用不着多说，如到十字街头睁眼看看便知道了。

（三）一个民族所认为美丽的事物不必是国粹。许多人以为民族文化的优越处在多量地创造各种美丽的事物，如雕刻、绘画、诗歌、书法、装饰等。但是美或者有共同的标准，却不能说有绝对的标准的。美的标准寄在那民族对于某事物的形式，具体的或悬像的好尚。因好尚而发生感情，因感情的奋激更促成那民族公认他们所以为美的事物应该怎样。现代的中国人大概都不承认缠足是美，但在几十年前，“三寸金莲”是高贵美人的必要条件，所谓“小脚为娘，大脚为婢”，现在还萦回在年辈长些的人们的记忆里。在国人多数承认缠足为美的时候，我们也不能说这事是国粹，因为这所谓“美”，并不是全民族和全人类所能了解或承认的。中国人如没听过欧洲的音乐家歌咏，对于和声固然不了解，甚至对于高音部的女声也会认为像哭丧的声音，毫不觉得有什么趣味。同样地，欧洲人若不了解中国戏台上的歌曲，也会感觉到是看见穿怪样衣服的疯人在那里做不自然的呼嚷。我们尽可以说所谓“国粹”不一定是人人能了解的，但在美的共同标准上最少也得教人可以承认，才够得上说是有资格成为一种“粹”。

从以上三点，我们就可以看出所谓“国粹”必得在特别、久远，与美丽之上加上其他的要素。我想来想去，只能假定说：一个民族在物质上，精神上与思想上对于人类，最少是本民族，有过重要的贡献，而这种贡献是继续有功用，继续在发展的，才可以被称为国粹。我们假定的标准是很高的。若是不高，又怎能叫做“粹”呢？一般人所谓国粹，充其量只能说是“俗道”的一个形式（俗道是术语 Folk - Ways 的翻译，我从前译做“民彝”）。譬如在北平，如要做一个地道的北平人，同时又要合乎北平人所理想的北平人的标准的时候，他必要想到保存北平的“地方粹”，所谓标准北平人少不了的六样——天棚、鱼缸、石榴树、鸟笼、叭狗、大丫头——他必要具备。从一般人心目中的国粹看来，恐怕所“粹”的也像这“北平六粹”，但我只承认它为俗道而已。我们的国粹是很有限的，除了古人的书画与雕刻，丝织品、纸、筷子、豆腐，乃至精神上所寄托的神主等，恐怕不能再数出什么来。但是在这些中间已有几种是功用渐次丧失的了。像神主与丝织品是在趋向到没落的时期，我们是没法保存的。

这样“国粹沦亡”或“国粹有限”的感觉，不但是我个人有，我信得过凡放开眼界，能视察和比较别人的文化的人们都理会得出来。好些年前，我与张君劢先生好几次谈起这个国粹问题。有一次，我说过中国国粹是寄在高度发展的祖先崇拜上，从祖先崇拜可以找出国粹的种种。有一次，张先生很感叹地说：“看来中国人只会写字作画而已。”张先生是政论家，他是叹息政治人才的缺乏，士大夫都以清谈雅集相尚，好像大人物必得是大艺术家，以为这就是发扬国光，保存国粹。《国粹学报》所揭露的是自经典的训注或诗文字画的评论，乃至墓志铭一类的东西，好像所萃的只是这些。“粹”与“学”好像未曾弄清楚，以致现在还有许多人以为“国粹”便是“国学”。近几年来，

“保存国粹”的呼声好像又集中在书画诗古文辞一类的努力上，于是国学家、国画家，乃至“科学书法家”，都像负着“神圣使命”，想到外国献宝去。古时候是外国到中国来进宝，现在的情形正是相反，想起来，岂不可痛！更可惜的，是这班保存国粹与发扬国光的文学家及艺术家们不想在既有的成就上继续努力，只会做做假古董，很简单地描三两幅宋元画稿，写四五条苏黄字帖，作一二章毫无内容的诗古文辞，反自诩为一国的优越成就都荟萃在自己身上。但一研究他们的作品，只会令人觉得比起古人有所不及，甚至有所诬蔑，而未曾超越过前人所走的路。“文化人”的最大罪过，制造假古董来欺己欺人是其中之一。

我们应当规定“国粹”该是怎样才能够辨认，哪样应当保存，哪样应当改进或放弃。凡无进步与失功用的带“国”字头的事物，我们都要下功夫做澄清的工作，把渣滓淘汰掉，才能见得到“粹”。从我国往时对于世界文化的最大贡献看来，纸与丝不能不被承认为国粹。可是我们想想我们现在的造纸工业怎样了？我们一年中要向外国购买多量的印刷材料。我们日常所用的文具，试问多少是“国”字头的呢？可怜得很，连书画纸，现在制造的都不如从前。技艺只有退化，还够得上说什么国粹呢！讲到丝，也是过去的了。就使我们能把蚕虫养到一条虫可以吐出三条的丝量，化学的成就，已能使人造丝与乃伦丝夺取天然丝的地位。养蚕文化此后是绝对站不住的了。蚕虫要回到自然界去，蚕范要到博物院，这在我们生存的期间内一定可以见得着的。

讲到精神文化更能令人伤心。现代化的物质生活直接和间接地影响到个个中国人身上。不会说洋话而能吃大菜、穿洋服、行洋礼的固不足为奇，连那仅能维系中国文化的宗族社会（这与宗法社会有点不同），因为生活的压迫，也渐渐消失了。虽然有些地方还能保存着多少形式，但它的精神已经不是那么一回事了。割股疗亲的事固然现在没人鼓励，纵然有，也不会被认为合理。所以精神文化不是简单地复现祖先所曾做，曾以为是天经地义的事，必得有个理性来维系它，批评它，才可以。民族所遗留下来的好精神，若离开理智的指导，结果必流入虚伪和夸张。古时没有报纸，交通方法也不完备，如须“俾众周知”的事，在文书的布告所不能用时，除掉举行大典礼、大宴会以外，没有更简便的方法。所以一个大人物的殡仪或婚礼，非得铺张扬厉不可。现在的人见闻广了，生活方式繁杂了，时间宝贵了，长时间的礼仪固然是浪费，就是在大街上吹吹打打，做着夸大的自我宣传，也没有人理会了。所谓遵守古礼的丧家，就此地说，雇了一班搽脂荡粉的尼姑来拜忏，到冥衣库去定做纸洋房，纸汽车乃至纸飞机；在丧期里，聚起亲朋大赌大吃，鼓乐喧天，夜以继日。试问这是保存国粹么？这简直是民族文化的渣滓，沉淀在知识落后与理智昏聩的社会里。在香港湾仔市场边，一到黄昏后，每见许多女人在那里“集团叫惊”，这也是文化的沉淀现象。有现代的治病方法，她们不会去用，偏要去用那无利益的俗道。评定一个地方的文化高低不在看那里的社会能够保存多少样国粹，只要看他们保留了多少外国的与本国的国渣便可以知道。屈原时代的楚国，在他看是醉了的，我们当前的中国在我看是疯了。疯狂是行为与思想回到祖先的不合理的生活，无系统的思想与无意识的行为的状态。疯狂的人没有批评自己的悟性，没有解决问题的能力，从天才说，他也许是个很好的艺术家或思想家，但决不是文化的保存者或创造者。

要清除文化的渣滓不能以感情或意气用事，须要用冷静的头脑去仔细评量我们民族的文化遗产。假如我们发现我们的文化是陈腐了，我们也不应当为它隐讳，愣说我们所有的一切都是优越的。好的固然要留，不好的就应当改进。翻造古人的遗物是极大的罪恶，如果我们认识这一点，才配谈保存国粹。国粹在许多进步的国家中也是很讲究的，不过他们不说是“粹”，只说是“国家的承继物”或“国家的遗产”而已（这两个词的英文是National lnheritance，及Legacy of the Nation）。文化学家把一国优越的遗制与思想述说出来给后辈的国民知道，目的并不在“赛宝”或“献宝”，像我们目前许多国粹保存家所做的，只是要把祖先的好的故事与遗物说出来与拿出来，使他们知道民族过去的成就，刺激他们更加努力向更成功的途程上迈步。所以知识与辨别是很需要的。如果我们知道唐诗，作诗就十足地仿少陵、拟香山，了解宋画，动笔就得意地摹北苑、法南宫，那有什么用处？纵然所拟的足以乱真，也不如真的好。所以我看这全是渣，全是无生命的尸体，全是有臭味的干屎橛。

我们认识古人的成就和遗留下来的优越事物，目的在温故知新，绝不是要我们守残复古。学术本无所谓新旧，只问其能否适应时代的需要。谈到这里，我们就检讨一下国学的价值与路向了。

钱宾四先生指出现代中国学者“以乱世之人而慕治世之业”，所学的结果便致“内部未能激发个人之真血性，外部未能针对时代之真问题”。这话，在现象方面是千真万确，但在解释方面，我却有些不同意见。我看中国“学术界无创辟新路之志趣与勇气”的原因，是自古以来我们就没有真学术。退一步讲，只有真学术的起头，而无真学术的成就。所谓“通经致用”只是“做官技术”的另一个说法，除了学做官以外，没有学问。做事人才与为学人才未尝被分别出来。“学而优则仕”，显然是鼓励为仕大夫之学。这只是治人之学，谈不到是治事之学，更谈不到是治物之学。现代学问的精神是从治物之学出发的。从自然界各种现象的研究，把一切分出条理而成为各种科学，再用所谓科学方法去治事而成为严密的机构。知识基础既经稳固，社会机构日趋完密，用来对付人，没有不就范的。治人是很难的，人在知识理性之外还有自己的意志，与自己的感情意气，不像实验室里的研究者对付他的研究对象，可以随意处置的。所以如不从治物与治事之学做起，则治人之学必贵因循，仍旧贯，法先王。因循比变法维新来得更有把握，代表高度发展的祖先崇拜的儒家思想，尤其要鼓励这一层。所谓学问，每每是因袭前人而不敢另辟新途。因为新途径的走得通与否，学者本身没有绝对的把握，纵然有，一般人的智慧，知识，乃至感情意气也未必能容忍，倒不如向着那已经有了权证而被承认的康庄大道走去，既不会碰钉，又可以生活得顺利些。这样一来，学问当然看不出是人格的结晶，而只为私人在社会上博名誉、占地位的凭借。被认为有学问的，不管他有的是否真学问或哪一门的知识，便有资格做官。许多为学者写的传记或墓志，如果那文中的主人是未尝出仕的，作者必会做“可惜他未做官，不然必定是个廊庙之器”的感叹，好像一个人生平若没做过官就不算做过人似的。这是“学而优则仕”的理想的恶果。再看一般所谓文学家所作的诗文多是有形式无内容的“社交文艺”，和贵人的诗词，撰死人的墓志，题友朋或友朋所有的书画的签头跋尾。这样地做文辞才真是一种博名誉占地位的凭借。我们没有伟大的文学家，因为好话都给前人说尽了，作者只要写些成语，用些典故，再也没有可用的功夫了。这样情形，不产生“文抄公”与“誊文公”，难道还会笃生天才的文豪，诞降天纵的诗圣么？

学术原不怕分得细密，只问对于某种学术有分得这样细密的必要没有。学术界不能创辟新路，是因没有认识问题，在故纸堆里率尔拿起一两件不成问题而自己以为有趣味的事情便洋洋洒洒地作起“文章”来。学术上的问题不在新旧而在需要，需要是一切学问与发明的基础。如果为学而看不见所需要的在哪里，他所求的便不会发生什么问题，也不会有什么用处。没有问题的学问就是死学问，就是不能创辟新途径的书本知识。没有用处的学问就不算是真学问，只能说是个人趣味，与养金鱼、栽盆景，一样地无关大旨，非人生日用所必需的。学术问题固然由于学者的知识的高低与悟力的大小而生，但在用途上与范围的大小上也有不同。“一只在园里爬行的龟，对于一块小石头便可以成为一个不可克服的障碍物，设计铁道线的工程师，只主要地注意到山谷广狭的轮廓；但对于想着用无线电来联络大西洋的马可尼，他的主要的考虑只是地球的曲度，因为从他的目的看来，地形上种种详细情形是可以被忽视的。”这是我最近在一本关于生物化学的书（W. O. Kermock and P. Eggleton; The Stuff We’reof）里头所读到的一句话。同一样的交通问题，因为知识与需要的不同便可以相差得那么远。钱先生所举出的“平世”与“乱世”之学的不同点，在前者注重学问本身，后者贵在能造就人才与事业者。其实前者为后者的根本，没有根本，枝干便无从生长出来。我们不必问平世与乱世，只问需要与不需要。如有需要，不妨把学术分门别类，讲到极窄狭处，讲到极精到处；如无所需，就是把问题提出来也嫌他多此一举。一到郊外走走，就看见有许多草木我们连名字都不知道，其中未必没有有用的植物，只因目前我们未感觉需要知道它们，对于它们毫无知识还可以原谅。如果我们是植物学家，那就有知道它们的需要了。在欧美有一种种草专家，知道用哪种草与哪种草配合着种便可以使草场更显得美观，和耐于践踏，易于管理，冬天还可以用方法教草不黄萎。这种专门学问在目前的中国当然是不需要，因为我们的生活程度还没达到那么高，稻粱还种不好，哪能讲究到草要怎样种呢？天文学是最老的学问，却也是最幼稚的和最新的学术，我们在天文学上的学识缺乏，也是因为我们还没曾需要到那么迫切。对于日中黑点的增减，云气变化的现象，虽然与我们有关系，因为生活方式未发展到与天文学发生密切关系的那步田地，便不觉得它有什么问题，也不觉得有研求的需要了。一旦我们在农业上、航海航空上、物理学上，乃至哲学上，需要涉及天文学的，我们便觉得需要，因为应用到日常生活上，那时，我们就不能说天文学是没有的了。所以不需要就没有学问，没有学问就没有技术。“不需无学，不学无术”，我想这八个字应为为学者的金言；但要注意后四个字的新解说是不学问就没有技术，不是骂人的话。

中国学术的支离破碎，一方面是由于“社交学问”的过度讲究，一方面是为学人才的无出路。我所谓社交学问就是钱先生所谓私人在社会博名誉占地位的学问。这样的“学者”对于学问多半没有真兴趣，也不求深入，说起来，样样都懂，门门都通，但一问起来，却只能作皮相之谈。这只能称为“为说说而学问”，还够不上说“为学问而学问”。我们到书坊去看看，太专门的书的滞销，与什么 ABC，易知、易通之类的书的格外旺市，便可以理会“讲专门窄狭之学者”太少了。为学人才与做事人才的分不开，弄到学与事都做不好。做事人才只须其人对于所事有基本学识，在操业的进程上随着经验去求改进，从那里也有达到高深学识的可能，但不必个个人都需要如此的。为学人才注重在一般事业上所不能解决或无暇解决的问题的探究。譬如电子的探究，数理的追寻，乃至人类与宇宙的来源，是一般事业所谈不到的，若没有为学人才去做工夫，我们的知识是不完备的。欧美各国都有公私方面设立的研究所、学院，予学者以生活上相当的保障。各大学都有“学侣”的制度，使新进的学人能安心从事于学业，在中国呢？要研究学问，除非有钱、有闲，最低限度也得当上大学教授，才可说得上能够为学。在欧美的余剩学者最少还有教会可投；在中国，连大学教授也有吃不饱的忧虑。这样情形，繁难的学术当然研究不起，就是轻可的也得自寻方便，不知不觉地就会跑到所谓国学的途程上，这样的学者，因为吃不饱，身上是贫血的，怎能激发什么“真血性”？因为是温故不知新，知识上也是贫血的，又怎能针对什么“真问题”呢？今日中国学术界的弊在人人以为他可以治国学，为学的方法与目的还未弄清，便想写“不朽之作”，对于时下流行的研究题目，自己一以为有新发现或见解，不管对不对，便武断地写文章。在发掘安阳，发现许多真龟甲文字之后，章太炎老先生还愣说甲骨文都是假的！以章先生的博学多闻还有执着，别人更不足责了。还有，社交学问本来是为社交，做文章是得朋友们给作者一个大拇指看，称赞他几句，所以流行的学术问题他总得猎涉，以资谈助；讨论龟甲文的时候，他也来谈龟甲文，讨论中西文化的潮流高涨时，他也说说中西文化，人家谈佛学，他就吃起斋来，人家称赞中国画，他就来几笔松竹梅，这就是所谓“学风”的坏现象，这就是“社交学问”的特征。

钱先生所说“学者各榜门户，自命传统”，在国学界可以说相当地真。“学有师承”与“家学渊源”是在印版书流行之前，学者不容易看到典籍，谁家有书他们便负笈前去拜门。因为书的抄本不同，解释也随着歧异，随学的徒弟们从师傅所得的默记起来或加以疏说，由此互相传授成为一家一派的学问，这就是“师承”所由来。书籍流行不广的时代，家有藏书，自然容易传授给自己的子孙，某家传诗，某家传礼，成为独门学问，拥有的甚可引以为荣，因此为利，婚宦甚至可以占便宜，所以“家学渊源”的金字招牌，在当时是很可以挂得出来的。自印版书流行以后，典籍伸手可得，学问再不能由私家独占，只要有读书的兴趣，便可以多看比一家多至百倍千倍的书，对于从前治一经只凭数卷抄本甚至依于口授乃不能不有抱残守缺的感想。现在的学问是“讲不清叫币承”的，因为“师”太多了，承谁的为是呢？我在广州曾于韶舞讲习所从龙积之先生学，在随宦学堂受过龙伯纯先生的教，二位都是康有为先生的高足，但我不敢说我师承了康先生的学统。在大学里的洋师傅也有许多是直接或间接承传着西洋大学者的学问的，但我也不敢自称为哲姆斯、斯宾塞、柏格森、马克思、慕乐诸位的学裔。在尊师重道的时代，出身要老师推荐，婚姻要问家学，所以为学贵有帅承和有渊源，现在的学者是学无常师，他向古今中外乃至自然界求学问，师傅只站在指导与介绍知识的地位，不能都像古时当做严君严父看。印版书籍流行以后，聚徒讲学容易，在学问上所需指导的不如在人格上所需熏陶的多，所以自程朱以后，修身养性变为从师授徒的主要目标，格物致知退于次要地位。这一点，我觉得是很重要的。从师若不注意怎样做人的问题，纵然学有师承，也只能得到老师的死的知识，不能得到他的活的能力。我希望讲师承的学者们注意到这一层。

至于学问为个人私利主义，竞求温饱的话，我以为现在还是说得太早。在中国，社交学问除外，以真学问得温饱算起来还是极少数，而且这样的学者多数还是与“洋机关”有关系的。我们看高深学术的书籍的稀罕，以及研究风气的偏颇，便可理会竞求温饱的事实还有重新调查的余地。到外国去出卖中国文化的学者，若非社交的学问家便是新闻事业家。他们当然是为温饱而出卖关于中国的学问的。我们不要把外国人士对于中国文化的了解力估量得太高，他们所要的正是一般社交的学问家与新闻事业家所能供给的。一个多与欧美一般的人士接触的人，每理会到他们所要知道的中国文化不过是像缠足的起源，龙到底是什么动物，姨太太怎样娶法，风水怎样看法之类，只要你有话对他们说，他们便信以为真，便以为你是中国学者。许多人到中国来访这位，问那位，归根只是要买几件古董或几幅旧画。多数人的意向并不在研究中国文化，只在带些中国东西回去可以炫耀于人。在外国批发中国文化的学者，他们的地位是和卖山东蓝绸或汕头抽纱的商人差不多，不过斯文一点而已。

在欧美的学者可以收费讲学，但在中国，不收费的讲学会，来听讲还属寥寥，以学问求温饱简直是不容易谈。这样为学只求得过且过，只要社会承认他是学者，他便拿着这个当敲门砖，管什么人格的结晶与不结晶。这也许是中国学者在社会国家上多不能为国士国师而成为国贼国狗，在学问上多不能成为先觉先知而成为学棍学蠹的一个原因吧。我取的是“衣食足而后知礼义”的看法，所以要说：“得温饱才能讲人格。”中国学术界中许多人正在饥寒线底下挣扎着，要责备他们在人格上有什么好榜样，在学问上有什么新贡献，这要求未免太苛刻了。还有，得温饱并不见得就是食前方丈，广厦万间，只求学者在生活上有保障，研究材料的供给方便与充足就够了。须知极度满足的生活，也不是有识的学者所追求的。

学术除掉民族特有的经史之外是没有国界的。民族文化与思想的渊源，固然要由本国的经史中寻觅，但我们不能保证新学术绝对可以从其中产生出来。新学术要依学术上的问题的有无，与人间的需要的缓急而产生，决不是无端从天外飞来的。一个民族的文化的高低是看那民族能产生多少有用的知识与人物，而不是历史的久远与经典的充斥。牛津大学每年间所收的新刊图书可以排出几十里长，若说典籍的数量，我们现在更不如人家。钱先生假定自道咸而下，向使中国学术思想乃至政治制度社会风俗在与西洋潮流相接触之前先变成一个样子，则中国人可以立定脚跟，而对此新潮，加以辨认与选择，而分别迎拒与蓄泄。这话也有讨论的必要。我上头讲过现代学问的精神是从治物之学出发的，治物之学也可以说是格物之学，而中国学术一向是被社交学问、社交文艺，最多也不过是做人之学所盘踞，所谓“朴学”不过为少数人所攻治，且不能保证其必为晋身之阶。朴学家除掉典章制度的考据而外，还有多少人知道什么格物之学呢？医学是读不成书的人们所入的行；老农老圃之业为孔门弟子所不屑谈；建筑是梓人匠人的事；兵器自来是各人找与自己合适的去用；蚕桑纺织是妇人的本务；这衣、食、住、行、卫五种民族必要的知识，中国学者一向就没曾感觉到应当括入学术的范围，操知识与智慧源泉的纯粹科学更谈不到了。治物之学导源于求生活上安适的享受的理想和试要探求宇宙根源的谜。学者在实验室里用心去想，用手去做，才能有所成就。中国学术岂但与人生分成两橛，与时代失却联系，甚至心不应手，因此，多半是纸上谈得好、场上栽筋斗的把戏。不动手做，就不能有新发现，就不能有新学术。假如中国的学术思想乃至政治制度社会风俗会自己变更的话，乾嘉以前有千多年的机会，乾嘉以后也不见得就绝对没有。

日本的维新怎么就能成功，中国的改革怎么就屡次失败呢？化学是从中国道家的炼丹术发展的，怎么在中国本土，会由外丹变成内丹了？对的思想落在不对的实验上，结果是造成神秘的迷信，不能产出利用厚生的学问。医学并不见得不行，可是所谓国医，多半未尝研究过《本草》里所载的药物，只读两三本汤头歌诀之类便挂起牌来。千年来，我们的医学在生理、药物、病理等学问上曾有什么贡献呢？近年来从事提炼中国药物的也是具有科学知识的西医的功劳。在学问的认识上，中国人还是倾向道家的。道家不重知与行，也不信进步，改革自然是谈不到的。我想乾嘉以后，中国学术纵然会变，也不会变到自己能站得住而能分别迎拒与蓄泄西洋学潮的地步，纵然会，也许会把人家的好处扔掉，把人家的坏处留起来。像明末的西洋教士介绍了科学知识和他们宗教制度，试问我们迎的是什么呢？中华文化，可怜得很，真是一泓死水呀！这话十年前我不这样说，五年前我不忍这样说，最近我真不能不这样说了。不过死水还不是绝可悲的，只要水不涸，还可以想方法增加水量，使之澄清，使之溢出。这工夫要靠学术界的治水者的努力才有希望。世间无不死之人，也无不变的文化，只要做出来的事物合乎国民的需要，能解决民生日用的问题的就是那民族的文化了。

要知道中国现在的境遇的真相和寻求解决中国目前的种种问题，归根还是要从中国历史与其社会组织、经济制度的研究入手。不过研究者必要有世界学术的常识，审慎择别，不可抱着“叫花子吃死蟹，只只好”的态度。那么，外国那几套把戏自然也能够辨认与选择，不致于随波逐流，终被狂涛怒浪所吞咽。中国学术不进步的原因，文字的障碍也是其中最大的一个。我提出这一点，许多国学大师必定要伸舌头的。但真理自是真理，稍微用冷静的头脑去思维一下便可以看出中国文字问题的严重。我们到现在用的还不是拼音文字，难学难记难速写，想用它来表达思想，非用上几十年的工夫不可。读三五年书，简直等于没读过。许多大学毕业生自从出来做事之后便不去摸书本。他们尚且如此，程度低些的更可知。繁难的文字束缚了思想，限制了读书人，所以中国文化最大的毒害便是自己的文字。一翻古籍便理会几十万言的书已很少见，百万千万言的书更属稀罕了。到现在，不说入学之门的百科全书没有，连一部比较完备的字典都没有。国人不理会这是文化低落的病根，反而自诩为简洁。不知道简洁文字只能表现简单思想，像用来作诗词、写游记是很够的。从前学问的范围有限，用简洁的文体，把许多不应当省掉的字眼省略掉还不觉得意义很晦涩，读者可用自己的理会力来补足文中的意思。现代的科学记载把一个字错放了地位都不成，简省更不用说了。我们的命不加长，而所要知要学的东西太多，如果写作不从时间上节省是不成的。我们自己的文化担负已是够重的了，现在还要担负上欧美的文化，这就是钱先生所谓“两水斗啮”的现象，其实是中国人挣扎于两重文化的压迫底下的现象。欧美的文化，我们不能不担负，欧美人却不必要担负我们的文化，人家可以不学汉文而得所需的知识，我们不学外国文成么？这显然是我们的文化落后所给的刑罚，目前是没法摆脱的。要文化的水平线提高，非得采用易于学习的拼音文字不可。千字课或基本汉字不能解决这个严重问题，因为在学术上与思想表现上是需要创造新字的，如果到了思想繁杂的阶段，几千字终会不够用，结果还是要孳乳出很多很多的方块字。现在有人用“圕”表示“图书馆”，用“簙”表示“博物院”，一个字读成三个音，若是这类字多起来，中国六书的系统更要出乱子。拼音字的好处在以音达意，不是以形表意，有什么话就写出什么话，直截了当，不用计较某字该省，某句应缩，意思明白，头脑就可以训练得更缜密。虽然拼音文字中如英文法文等还不能算是真正拼音的，但我们须以拼音法则为归依，不是欧美文字为归依。表达思想的工具不好，自然不能很快地使国民的知识捉高。人家做十年，我们非得加上五六倍的时间不可。日本维新的成功，好在他们有“假名”，教育普及得快，使他们的文化能追踪欧美。我们一向不理会这一点，因为我们对于汉字有很深切的敬爱，几十年来的拼音字母运动每被学者们所藐视与反对。许多人只看文字是用来做诗写文的，能摇头摆脚哼出百几十字便自以为满足了。改良文字对于这种人固然没有多大的益处，但为学术的进步着想，我们不能那么浪费时间来用难写难记的文字。古人惜寸阴分阴，现代的中国人更应当爱惜丝毫光阴。因为用高速度来成就事物是现代民族生存的必要条件。

德国这次向东方进兵，事实上是以血换油。油是使速度增进的重要材料。不但在战争上，即如在其他事业上，如果着手或成功稍微慢了些，便等于失败。所以人家以一切来换时间，我们现在还想以时间来换一切，这种守株待兔的精神是要不得的。国民智力的低下，中国文字要负很重的责任。智力的高低就是发现问题与解决问题的能力的速度的高低。我以为汉字不改革，则一切都是没有希望的。用文字记载思想本来和用针来缝布成衣服差不多，从前的针一端是针口，另一端是穿线的针鼻。缝纫的人一针一针地做，不觉得不方便。但是缝衣机发明了，许多不需要的劳动不但可以节省而且能很快地缝了许多衣服。缝衣机的成功只在将针鼻移到与针口同在一端上。拼音文字运动也是试要把音与义打成一片。不过要移动一下这“文字的针鼻”，虽然只是分寸的距离，若用的人不了悟，纵然经过千百年也不能成功。旧工具不适于创造新学术，就像旧式的针不能做更快更整齐的衣服一样。有使中国文化被西方民族吸收愿望的先当注意汉字的改革，然后去求学术上的新贡献，光靠残缺的古董此后是卖不出去的。

中国目前的问题，不怕新学术呼不出，也不怕没人去做专门名家之业，所怕的是知识不普及。一般人的常识不足，凡有新来的吃的用的享受的，不管青红皂白，胡乱地赶时髦。读书人变成士大夫，把一般群众放在脑后，不但不肯帮助他们，反而压迫他们。从农村出来的读书人不肯回到农村去，弄到每个村都现出经济与精神破产的现象。在都市的人们，尤其是懂得吹洋号筒的官人贵女们，整个生活都沉在花天酒地里，批评家说他们是在“象牙之塔”里过日子。其实中国哪里来的“象牙之塔”？我所见的都是一幢幢的“牛骨之楼”罢了。我们希望于学术界的是在各部门里加紧努力，要做优等人而不厌恶劣等的温饱，切莫做劣等人而去享受优等的温饱。那么，平世之学与乱世之学就不必加以分别了。现在国内的大学教授，他们的薪俸还不如运输工人所得的多，我们当然不忍说他们是藏身一曲，做着与私人温饱相宜的名山事业。不用说生存上，即如生活上必需的温饱，是谁都有权利要求的。读书人将来会归入劳动阶级，成为“智力劳动者”，要恢复到“四民”之首的领导地位，除非现在正在膨胀着的资产制度被铲除，恐怕是不容易了。

［附言］六月二十四日某先生在华字日报写了一篇质问我的文章，题目是《国粹与国渣》文中有些问题发得很幼稚，值不得一答。唯有问什么是“国粹”一点，使我在学问的良心上不能不回答一下。我因此又联想到六月八日钱穆先生在《大公报》发表的星期论文《新时代与新学术》，觉得其中几点也有提出来共同讨论的必要，所以写成这一篇，希望的是能抛碎砖引出宝玉来。文中大意是曾于六月二十八日对岭英中学高中毕业生讲过的。

“七七”感言

欧洲有些自然科学家，以为战争是大自然的镰刀，用来修削人类中的枯枝败叶的。我不知道这话的真实程度有多高，我所知的是在人类还未达到“真人类”的阶段，战争是不能避免的。这所谓“真人类”，并非古生物学的，而是文化的。文化的真人是于物无贪求，于人无争持的。因为生物的人还没进化到文化的人，所以他的行为，有时还离不开畜道。在畜道上才有战争，在人道与畜道相遇时也有战争。畜生们为争一只腐鼠，也可以互相残啮到膏滴血流，同样地，它们也可以侵犯人。它们是不可以理喻的。在人道的立脚点上说，凡用非理的暴力来侵害他人的，如理论道绝的期候，当以暴力去制止它，使畜道不能在光天化日之下猖獗起来。

说了一大套好像不着边际的话，作者到底是何所感而言呢？他觉得许多动物虽名为人，而具有牛头马面狼心狗肺的太多，严格说起来还不能算是人，因此连想到畜道在人间的传染。童话里的“熊人”、“虎姑”、“狐狸精”，不过是“畜人”。至于“人狼”、“人狗”、“人猫”、“人马”，这简直是“人畜”。这两周年的御日工作也许会成将来很好的童话资料，我们理会暴日虽戴着“王道”的面具，在表演时却具足了畜道的特征。我们不可不知在我们中间也有许多堕在畜道上。此中最多的是（“狗”和“猫”。我们中间的“人狗”、“人猫”，最可恶的有吠家狗与引盗狗，饕餮猫与懒惰猫。）两年间的御日工作可以说对得人住，对得祖宗天地住。但是对于打狗轰猫这种清理家内的工作却令人有点不满意。

在御×工作吃紧的期间，忽然从最神圣的中枢里发出类乎向×乞怜的狺声，或不站在自己的岗位，而去指东摘西的，是吠家狗。甘心引狼入宅，吞噬家人的是引盗狗。我们若看见海港里运来一切御×时期所不需的货物，尤其是从“××船”来的，与大批的原料运到东洋大海去，便知道那是不顾群众利益，只求个人富裕的饕餮猫的所行。用公款做投机事业，对于国家购入的品物抽取回扣，或以劣替优，以贱充贵，也是饕餮猫的行径。具有特殊才干，在国家需要他的时候，却闭着眼，扰着耳，远远地躲在安全地带，那就是懒惰猫。这些人狗、人猫，多如牛毛，我们若不把它们除掉就不能脱离畜道在家里横行，虽有英勇的国士在疆场上与狼奋斗着，也不能令人不起功微事繁的感想。所以我们要加紧做打狗轰猫的工作。

又有些人以为民众知识缺乏，所以很容易变成迷途的羔羊，而为猫狗甚至为狼所利用。可是知识是不能绝对克服意志的，我们所怕的是意志薄弱易陷于悲观的迷途的牧者。在危难期间，没有迷途的羔羊，有的是迷途的牧者。我的意思不是鼓励舍弃知识，乃是要指出意志要放在知识之上，无论成败如何，当以正义的扶持为准绳，以人道的出现为极则。人人应成为超越的男女，而非卑劣的羔羊。人人在力量上能自救，在知识上能自存，在意志上能自决，然后配称为轩辕的子孙。这样我们还得做许多积极工作。一方面要摧毁败群的猫狗，一方面要扶植有为的男女，使他们成为优越的人类，非得如此，不能自卫，也不能救人，不配自卫，也不配教人。所以此后我们一部分的精神应贯注在整理内部，使我们的威力更加充实。那么，就使那些比狼百倍厉害的野兽来侵犯我们，我们也可以应付得来。为人道努力的人们，我们应当在各方面加紧工作，才不辜负两年来为这共同理想而牺牲的将士和民众。

国庆日所立的愿望

明天就是中华民国建国第二十八周年的纪念日，却是第二十九周年的第一日。从这点看来，也是一个元旦。这个建国的元旦当比时令的元旦更有深远的意义，因为这是国家的生日，全国的人民在这天不但要彼此祝贺，并且对着他的国家立个人工作的愿望。我们在元旦对于一切总是要从好里想的。我们对于一年中的期望也是要望着安泰与康乐那边去的。我们常回想到“国泰民安，风调雨顺”这样的好话。但是从前的人口里虽是这样祷祝，在行事上、思想上却没努力去求实现，弄到年年是在期望着，而风雨国民仍不免有不调不顺不泰不安的现象。这固然由于执政者的知识的不充足，但一般人对于国家民族的观念与见解的错误也是重要的原因。人民必得对于国家有深切的认识，知道国家的生存与他有密切的关系，才可以期望国运的兴隆。不然，虽有知识与愿望也是徒然。

□□□□□□□□□，对于国庆日我们不敢有很奢的期望，如果能达到下列四个愿望，便满足了。

第一，我们愿望中华民国的国本从今天以后越发坚定。旧时代的人民只知有朝，不知有国，且每每以朝为国。亡国只是换朝的别名。国民，在事实上不过是君主的臣仆。君主只知他的地位是上天命他来造元首，来享受，所期望于国泰民安风调雨顺的无非是使他个人安享。他对于国家没有高尚的理想，只知道人民是为他而生存。人民也就不敢有什么主张，纵然有，也不敢阐发出来。

所以我们可以说在二十八年前，中国只有朝代并没有什么国家，“国”的产生，在中国只是这二十几年。我们的民众对于民主政体从模糊的接触，渐渐进到比较清晰的认识，也同于一个人从幼年进到成年期间，经验和理想都渐渐有了根基。我们今日的国难，便是命运将我们抛在民族海中或国家林里，来试验我们的图存力量是否充足，试验我们对我们建国的理想是否正确；我们对于所持的信念是否忠诚。我们愿望国本越来越坚定，先要了解我们的建国理想与护持我们对于国家的信念。

第二，我们愿望从今日起，国内渎职贪婪的官吏迅速被铲除。人民对于政府和国家缺乏热情的拥护，都是因为多数的文武官吏渎职贪婪。那班人的人生观只望求到个人的享受，仍脱不了朝代臣仆的观念，还没进到国族公仆的阶级。故此，一切的活动都是为个人的荣华富贵努力。他们对于群众的福利固然不关心，而对于公款私财，还要尽力榨取。人民的脂膏在他们手里，国家的命脉也要断送在他们的手里。我们要看这样的民贼的罪恶是和汉奸一样，要在短期间清除他们。我们要分辨他们是否贪婪是很容易的。对于“发国难财”的公务人员，更容易识别。政府如果对于他们没办法，我们就怕国家前途的荆棘会更多了。在严惩贪污以外，我们还希望政府能够明令规定人民财产的最高额数，凡超过法定的额数的财产充为公有。这样或者可以使贪婪者无所企图，于国家民族的康健是很有裨益的。

第三，我们愿望从今天起，国民的知识蒸蒸日上。人民被欺负多因于知识缺乏。他们不知道国家与他们的关系，在数千年的教训底下，使他们对于事事都听天由命，当事顺从，遇事畏葸。要知顺从不定是服从。服从是由于自己的了解，对于某事佩服，才随从着做下去。顺从是不管你了解与否，你总顺从着别人的意思去做。这样纵然不把他们变成犬马，也与奴隶差不多了。我们愿望有知有力有权的国人迅速地把他们从愚暗的牢狱解放出来。那么，对于他们，我们应当负起供给一个健全的国民应具的常识的责任。识字运动与国语统一运动是刻不容缓的，在传播知识的工作上，我们受过教育的人们都应当参加。这是义不容辞，责无旁贷的事业，也是我们神圣的使命之一。还有我们见得到的信预言、信真命天子、信符咒等等知识上与心灵上的微［霉］菌蔓延于各阶级中间，更要使我们对于知识的传播是必须迅速地举行的。

第四，愿望国民对于文艺和精神上等的资养料越能吸收。干燥的知识若没有文艺的陶冶，或者只能造成一个有用的人，可不能做成一个有性情的人。性情对于事业也是很重要的。许多没灵魂的国贼民贼，多半由于性情乖戾所驱使。要预防这个，我们在文艺上应当供给有益的粮食。这个步骤，当然要分出许多等第，但我们最要的作品，必须以能供给前方将士与劳作的群众为主。他们的需要文艺皆比优闲的人们更迫切。所以我们希望全国文艺家努力为他们多产些作品。我们不希望滥调的宣传文学，只希望作者能诚实地与热情地将他们的感想与经验宣露出来，使读者发生对于国家民族的真性情，不为物欲强权所蒙蔽，所威胁。

我们不要打空洞的如意算盘，望国际情形好转，望人来扶助我们。我们先要扶助我们自己，深知道自己建立的国家应当自己来救护，别人是绝对靠不住的。别人为我们建立的国家，那建立者一样可以随时毁掉它。所以我觉得我们这个国庆日于我们特别是可宝爱的，我们要人人得到天赋的权益，在世上满足地生存着，当须念念不忘地图谋所愿望的工作能够逐渐实现。

一封公开的信

中国晚报主笔先生及张春风先生：

八月一日贵报登出《出卖肉麻》一文，讥评×××女士造像义展，眼光卓越，佩服之至。这篇“巨文”，我始终未读过，因为我曾签名赞成此事，所以一读张先生大文之后便希望原作者能够再向大众申明一下，可惜等了这许多天毫无动静，不得已得向二位先生说明几句。

我现在把签名的经过与我对于这事的意见叙述一番，如有不对之处，还求指教。

一个月前，在全国文艺界抗战协会留港会员开会的一个晚上，会员们约了些漫画家、音乐家、电影家来凑热闹，×××女士当晚也被邀到会唱歌，同时有一两位会员拿出一个卷子请在座诸君赞助×××女士造像义展会。据说是她要将自己的各种照片展览出卖，以所得款项献给国家，特要我做赞助人。我当时觉得义不容辞，便签了名，可没看见有《怀江山而及丽质，睹香草而思美人》那篇文章。若是见了当然也是不合我的脾胃，我必会建议修改的。

我很喜欢张先生指出传统的滥调，如江山、丽质、香草、美人一类的词句，是肉麻的。这个证明作者写不出所要办的事情的真意，反而引起许多恶劣的反感。但在作者未必是有意说肉麻的话，他或者只知道那是用来描写美人的最好成语。所以修辞不得法，滥用典故成语，常会吃这样的亏。

不过我以为文章拙劣，当与所要办的事分开来看。张先生讥评那篇启文是可以的，至于斥造像义展为不然，我却有一点不同的意见。此地我要声明我并不是捧什么伶人，颂什么女优。此女士也是当晚才见过的，根本上不能说有什么交情，也没想要得着捧颂的便宜。我的意见与张先生不同之处，如下所述。

唱戏、演电影，像我们当教员、当主笔的一样，也是正当的职业。我一向是信从职业平等的。我对于执任何事业的都相当地尊重他们。看优伶为贱民，为身家不清白，正是封建意识的表现。须知今日所谓身家不清白，所谓贱，乃是那班贪官污吏，棍徒赌鬼，而非倡优隶卒之流。如果一个伶人为国家民族愿意做他所能做的，我们便当付同情于他。捧与颂只在人怎样看，并不是人人都存着这样的心。在张先生的大文里以为替伤兵缝棉衣，在国破家亡的时候，是每个男女国民所当负的责任，试问我国有多少男女真正负过这类或相等的责任？现在在中国的夫人小姐们不如倡优之处很多，想张先生也同我一样看得到。塘西歌姬的义唱，净利全数献给国家。某某妇女团体组织义演，入款万余元，食用报销掉好几千！某某文化团体“七七”卖花，至今账目吐不出来。这些事，想张先生也知道罢。我们不能轻看优伶，他们简单的情感，虽然附着多少虚荣心，却能干出值得人们注意的事。

一个演电影的女优，她的色是否与她的艺一样重要？（依我的标准，×××女士并不美。此地只是泛说。）若是我们承认这个前提，那么“色相”于她，当等于学识于我们，一样是职业上的一种重要的工具，能显出所期的作用的。假如我们义卖文章，使国家得到实益，当然不妨做做。同样地，申论下去，一个女优义卖她的照片，只要有人买，她得到干净的钱来献给国家，我们便不能说她与抗战和民族国家无关，更不能说会令人肉麻。如果我们还没看见她要展卖的都是什么，便断定是“肉麻”，那就是侮辱她的人格，也侮辱了她的职业。

×××女士的“造像”我一幅也没见过，据说是她的戏装和电影剧装居多。我想总不会有什么肉麻的裸体像。纵然会有，也未必能引青年去“看像手淫”。张先生若是这样想，就未免太看不起近代的青年了。色欲重的人就是没有像××××××，对着任何人的像，甚至于神圣的观音菩萨，也可以手淫的。张先生你说对不对？她卖“造像”×××××××，人们的亵行与可能的诱惑，与她所卖的照片并没关系。当知她卖自己的造像是手段，得钱献给国家是目的。假如一个女人或男人生得貌美而可以用本人的照片去换钱的话，只要有人要，未尝不可作为义展的理由。我们只能羡慕他或她得天独厚，多一道生利之门罢了。某人某人的造像卖给人做商标，卖给人做小囡模型，租给人做画稿，做雕刻模型，种种等等，在现代的国家里并没人看这些是肉麻或下贱无耻。

捧戏子，颂女优，如果意识是不干净的，当然是无聊文人的丑迹。但如彼优彼伶所期望办理的事是值得赞助的话，我们便当尊重他们，看他们和我们一样是有人格的，不能以其为优伶，便侮辱他们。我们当存君子之心，莫动小人之念，才不会失掉我们所批评的话的价值。我以为对于他人所要做的事情，如见其不可，批评是应该有的，不过要想到在这缺乏判断力的人中间，措辞不当，就很容易发生一犬吠影百犬吠声的事，于其他的事业，或者也会得到不良的影响。

谢谢二位先生费神读这封长信。我并不是为做启文的人辩护，只是对于以卖自己的照片为无耻的意思提出一点私见来。先生们若是高兴指教的话，我愿意就这事的本身，再作更详尽的客观的讨论。

许地山谨白

英雄造时势与时势造英雄

在危急存亡的关头容易教人想到英雄，所以因大风而思猛士不独是刘邦一个人的情绪，在任何时代都是有的。我们的民族处在今日的危机上，希望英雄的出现比往昔更为迫切。但是“英雄”这两个字的意义自来就没有很明确的解释，因此发生这篇论文所标的问题——到底英雄是时势造的呢？还是时势是英雄造的呢？“英雄”这两个字的真义需要详细地分析才能得到。固然我们不以一个能为路边的少女把宝饰从贼人的手里夺回来的人为英雄，可是连这样的小事都不能做的有时候也会受人崇拜。在这里，我们不能不对于英雄的意义画出一个范围来。

古代的英雄在死后没有不受人间的俎豆，崇拜他们为神圣的。照《礼记·祭法》的规定，有被崇拜的资格的不外是五种。第一是“法施于民”的，第二是“以死勤事”的，第三是“以劳定国”的，第四是“能御大灾”的，第五是“能捍大患”的。“法施于民”是件［使］民有所，能依着他所给的方法去发展生活，像后稷能殖百谷，后土能平九州，后世的人崇祀他们为圣人。（所谓圣人实际也是英雄的别名。）“以死勤事”是能够尽他的责任到死不放手，像舜死在苍梧之野，鲧死于洪水，也是后世所崇仰的圣人。“以劳定国”是能以劳力在国家危难的时候使它回复到平安的状态，像黄帝，禹汤的功业一样。“御大灾，捍大患”，是对于天灾人患能够用方法抵御，使人民得到平安。这些是我们的祖先崇拜英雄的标准。大体说起来，“以死勤事”，是含有消极性的，“以劳定国”，“能御大灾，捍大患”，也许能用自己的智能，他们是介在消极与积极中间的。唯有“法施于民”的才是真正的圣人，他必须具有超人的智能才成。

看来，我们可以有两种英雄：一是消极的，二是积极的。消极的英雄只是保持已成的现状，使人民过平安的日子，教他们不受天灾人患的伤害，能够在不得已的时候牺牲自己的一切。积极的英雄是能为人群发明或发现新事和新法度，使他们能在停滞的生活中得到进步，在痛苦的生活中减少痛苦，换一句话，就是，他能改造世界和增进人间的幸福。今日一般人心目中的英雄多半不是属于第二类，并且是属于第一类中很狭窄的一种，就是说，只有那为保护人民不惜生命的战士才被称为英雄。这种英雄不一定能造时势，甚或为时势所造。因为这类的英雄非先有一个时势排在他面前，不能显出他的本领，所以时势的分量比英雄本身来得重些。反过来说，积极的英雄并不等到人间生活发生什么障碍，才把他制造出来。人们看不到的痛苦，他先看到，人们还没遇到困难，他先想象出来。他在人们安于现成生活的时候为他们创制新生活，使他们向上发展。也许时势造出来的英雄也能达到这个目的，但是可能性很小。

真英雄必定是造时势者。时势被他造得成与不成，于他的英雄本色并无妨碍，事的成败不足为英雄的准度。通常的见解每以为成功者便是英雄，那是不确的。成功或由于机会好。“河无大鱼，小虾称王”，在一个没有特出人才的时境，有小本领便可做大事。这也是时势所造的一种英雄。还有些是偶然的成功，作者本身也梦想不到他会有那么样的成就。他对于自己的事业并没有明了的认识，也没有把握，甚至本来是要保守，到头来却变成革命，因为一般的倾向所归，他也乐得随从。这也是时势所造的一种英雄。还有些是剥削或榨取他人的智力或体力来制造自己的势力和地位。他的成功与受崇敬完全站在欺骗和剥削的黑幕前面。有时自己做不够，还要自己的家人亲戚来帮他做，揽到国家大权，便任用私人，培植爪牙。可怜的是混混沌沌的群众不会裁制他，并不是他真有英雄的本领。这也是时势所造的一种英雄。

我们细细地把历史读一遍，便觉得时势所造的英雄比造时势的英雄更多。这中间有一条很大的道理。我们姑且当造时势的英雄是人间所需求的真英雄，而这种英雄本是天生的。真英雄是超人，但假英雄或拟英雄也许是中人以下的“下人”(Underman)。所谓假英雄是指那班偶然得到意外的成功的投机家而言。所谓拟英雄是指那班被时势所驱遣，迫得去做轰轰烈烈的事业的苦干者而言。所谓下人是对于超人而言。他的智力与体质甚至不及中人。在世间里，中人都很少，超人更谈不上，等到黄河清也不定等得到一个出现。人间最可怜悯的是下人太多，尤其是从下人中产生出来的英雄比较多。这类的英雄若是过多，就于国族有害。怎么讲呢？因为他们没有中人的智力而做超人的权威，自我的意识太重，每持着群众的生命财产智能是为他们的光荣和地位而有的态度。这样损多数人以利少数人的情形便是封建制度。英雄与封建制度本来有密切的关系，但这里应当分别的是古代的封建英雄于其同时的一般群众中确实具有超人的能力，而现代的封建英雄只是靠机缘。哪怕他是乳臭未除，只要家里有人掌大权，他便是了不得的人物。哪怕他智能低劣，只要能够联络权要，他便是群众的领袖。他的方法是利用新闻和金钱来替他鼓吹，甚至神化一个过去的人物来做他的面具。一个人生时碌碌无奇，死后或者会被人当做“民族英雄”来崇拜，其原因多半在此。这类神化的民族英雄实际等于下劣民族的咒物。今日全世界人类的智力平均起来恐怕不及高等小学的程度，所以凡有高一点的知识而敢有所作为的都有做领袖或独裁者的可能。不过这并不是群众的福利。我们讲英雄的事业应当以全世界民众的福利为对象，损人利己固不足道，乃至用发展自己民族的口号去掠夺他民族的土地的也不能算是英雄。今日世界时局的困难多半由于这类的英雄所造成。如果我们缩小范围来讲一下我们的英雄，我们也会觉得有许多是下人中所产出的。他们的要求是金钱与名誉。金钱可以使他们左右时势，若说他们是造时势的英雄，其原动力只是这样，并非智能。名誉使他们享受群众的信仰，欺骗到万古流芳的虚荣。他们的要求既是如此低下，无怪他们只会把持武力，操纵金融，结党营私，持权逐利，毁群众的福利来增益自己。他们只会享受和浪费，并无何等远虑，以善巧方便得到金钱名誉之后，便走到海外去做寓公，将后半生事业付与第二帮民贼。

我们讲到假英雄之多，便想到在人群中是否个个有做英雄的可能。现在人间还是在一个不平等的情况底下过日子。不但是人所享受的不平等，最根本的是智力与体力的差异太甚。英雄是天生吗？不。英雄是依赖先天的遗传与后天的训练所造成的。英雄是有种的。我们应当从优生学的原理研求人种的改善，凡是智力不完，体质有亏的父母都不许他们传后代。反之，要鼓励身心健全的男女多从事于第二代民众的生育。这样，真英雄的体质与理智的基础先打稳固，造成英雄的可能性便多。否则生来生去，只靠“碰彩”，于人间将来的改进是毫无把握的。第二步还要使社会重视生育，好种的男女一生下来当要特意看护他们，注意训练他们，使他们的身心得以均衡地发展。现在已有科学家注意到食物与体质、性格与寿命的关系，可是最重要的还是选种，否则用科学方法来培养下人，延长他们的生命，使他们剥削群众的时间更长，那就不好了。

真英雄是不受时势所左右的。因为他是一个“形全于外，心全于中”的人，他的主见真而正，他的毅力恒而坚。他能时时检察自己，看出自己的弱点，而谋所以改善的步骤。事业的成败不是他所计较的，唯有正义与向上是要紧的。今日我们所渴望的是这样的英雄。我们对于强敌的侵略，所希望的抗敌英雄也要属于这一类的人物。战争在假英雄的眼光里是赌博的一种，但在真英雄的心目中，这事是正义的保障。为正义而战，虽不胜也应当做，毫无可疑的。

最后，我们还是希望造时势的英雄出现，唯有他才能拯民众于水火之中。等到人人的智力能够约束自己与发展自己，人间真正平等出现的时候，我们才不需要英雄。英雄本是蛮野社会遗下的名目，在智能平均与普遍发展像蜂蚁的社会可以说个个都是英雄，因为其中没有一个不能自卫，没有一个不能为群众牺牲自己。所以我想无论个个人达到身心健全，能利益群众的时代是全英雄时代，也是无英雄时代。

这篇是去冬在广州岭南大学的演讲稿，没工夫多写，未能详尽地发挥，抱歉之至。

中国文字的将来

一、中国文字不进步的原因

我们的读书人每每自夸说中国的文字是世界上最古的一种文字。不错，它是最古，却是最不进步的。现在用从象形文改变而成的文字，只有中国字一种，其他用的都是拼音字。拼音字是最进步的文字。而中国还是墨守着旧的写法，一点也没有进化。这个，我想有下列的几个原因。

（一）文字被看为极神圣。文字的发明在原始民族中，都视为很神秘的。因为它能在不言不语中显示所要表示的意义。在中国的传说里，当苍颉发明文字的时候，也惊动了鬼神，使鬼夜里哭过。这是表示文字有很大的威力，凡有文字的地方，邪神野鬼都要惊避的。这观念发展为道家的符咒。许多迷信者到现在还信天师符可以驱邪治病，就是由于这种原始的迷信而来的。敬惜字纸视为善举之一，对于有文字的纸帛等物，切不可轻易亵渎，不然，神圣就会责罚的。尤其是读书人，所有字纸必得恭恭敬敬地送到惜字炉去焚化。纸灰也不能任它随处飞扬，必得送到清水河里，教它能流进大海去。考察人间谁是敬惜字纸与谁不是的，是文昌帝君的一份职务，为他发觉某人不敬惜字纸，或者教他今生不能得着功名、晋升之路，或者罚他来生变个瞎子。敬惜字纸成为一种宗教行为，它的根本心理是认定文字是神圣，进一步便觉得会写字的人也是神圣了。

（二）识字是士大夫。因为识字或会写字的人也被看为神圣、为高尚，无形中造成一种士大夫的阶级意识。如果一个人读了几年书，认得一千几百字，他就会有“我是读书人”的感觉。读书人的肩膀是不屑挑东西的，双手是拿过笔，再也不能做粗重的手艺，指甲要留得长长的。所谓鄙贱的事他是不能再做了。在商店里任职的伙计，虽会写几个字，却是被看为读不成书的。所谓士大夫，实际上只是多识些字和会写一半篇或通或不通的文章，这样他便能武断乡曲，交官结吏了；他靠文字捞得威权，当然不敢批评文字本身的缺点，也想不到它会有什么缺点，乃至不敢想它可以被修改到较利便的地步。这样，弄到读书人不当文字是传达意思的一种工具，却当它是一种捞取威权的法宝。法宝是不能轻易更换的。

（三）书法是艺术。许多人宜说书法是中国艺术的特别部门。其实真正的书家在历史上是可以屈指数出来的。我不承认写字有真正的艺术价值，若说有的话，记账、掘土、种菜，等等事工也可以当做艺术看了，饮食、起居，无一不是艺术了。为什么呢？文字的根本作用是表达意思，形象上的布置不过是书写材料，为纸帛、刀笔、墨汁等等关系，只要技术纯熟，写出来，教人认得它是什么，它的目的就达到了。凡是艺术，必至有创作性，文字自古有定形，原不能说是创作。所变的是一代所用的材料规定了一代的字体，漆笔时代，绝不能写出隶书真书，只能写篆文，毫笔时代也不能写出现代的“美术字”。现代青年多用钢笔铅笔，要他们写真楷更是不容易了。

又，一般求人“墨宝”的多是与写字的人讲交情，并不是因为他们对于文字有特别的赏鉴心。许多人只喜欢名人字，和贵人字，尤是上款有自己的名号的。字既名贵，拥有的也跟着“名贵”起来了。写扇面，题书物，上者是钦佩写字的人，下者无非是“借重”，社交艺术乘君子自己，于字写得好坏，本来没有什么关系。说起来，书法是由道教徒写龙章凤篆发展起来的。古来有名的书家可以说多少与道教有关系。王右军一家，被认为书法的大师，而这一家人正是信道极笃的。六朝的道士如陶弘景、杨义、傅霄诸人都是书家。唐朝的颜真卿、顾况等，也是道教徒，唐朝又多一层关系，宋朝朱弁的《曲洧旧闻》（卷九）说：“唐以身、言、书、判设科，故一时之士无不习书，犹有晋宋余风，今间有唐人‘遗迹’虽非知名之人，亦往往有可观。本朝此科废，书遂无用于世，非性自好之者不习，故工者益少，亦势使之然也。”宋朝废书科，朱弁因而感觉到会写字的人少，然则从宋以后，当然会越来越少了。明清的书家也是屈指可数的，清中叶以后，因为金石文字发现得很多，写字的人喜欢摹临，一变从前临帖的风气而为临碑。虽然脱离了“馆阁气”，却还跑不出摹拟古字的圈套。不知道北朝的碑文多是汉化胡人或胡化汉人的笔法，书体和章法本不甚讲究，在当时还不过是平常的刻文，本没有什么艺术的理想，南朝人讲究写字，被认为书法的正宗，但真配得上称为“艺术字”到底也不多。书法艺术可以说是未曾建立到有强固基础的地步，反而使练字的人们堕落临摹的窠臼。

对于以上三点，我们可以认为中国文字所以不进步的重要原因。看文字为神圣，是迷信的遗留，那不容别人批评中国文字的缺点，也是抱着卫道的精神，以为中国文字一被废弃，中国文化也就跟着丧失了。这可说是不需要的顾虑。文字不过是形象上的符号，换符号，不必是改变文化，也不必是改变语言。从事实上说，现在的中国字已不是周秦的篆文，更不是殷朝的甲骨文，所以形象上的改变是不相干的。现在的士大夫，许多不主张用拼音字，因为他们怕拼音字一流行，汉文便会丢失，中国文化也随着会丢失了。这过虑是不需要，也是不诚实的。假如要保持中国文化，须要以保存中国字为手段的话，那么我们应当先要禁止官僚，教授们说那些半中半日，三成国语七成英语的语言。因为文字是根据语言写出来的。我们环能防止语言的转变，一样地不能禁止文字的改易。对一般阔人吃大莱，住洋房，说洋话，写洋文，用外洋家具，他们不以为是毁灭中国文化，却要反对用字母拼成的中国文字，这若不是“敬惜字纸”的迷信思想的表现，便是他们的主张不诚实。这种不诚实的根底在他们的“士大夫阶级意识”。他们怕中国人都识字，拼音容易学，不须很长时间。汉字非学上十几年，不能用得流利，这非有余力余时不能办得到。“读书人”要保持他们的尊严，所以感觉到难用的汉字不可废。新文字学会除要介绍通行的字母拼成的文字，因为我们纵然目前不能不用汉文，也应为后代子孙开条方便的路。但士大夫所想着中国文字不但不能废，甚且要积极提倡书法。书法本是有闲者的消遣，假如用它来替代赌博，吸烟，等等，我倒不反对，假如行将就木的人，轻事毋须他做，重事他做不了，用写字来消磨他的时间，我也不反对。假如驱使一般有为的青年，费很多宝贵的时间去练字，我总觉得是太冤枉，而且是一种罪恶。

中国文字，因为书写的不方便，与专凭记忆，所以文句上受了许多修削，结果弄成一种所谓“文章”的文字。会做文章就是善于把文句里作者以为可删的字眼节省，会使读者一读就感觉到作者文笔的简洁与玄奥。简洁与玄奥未尝不可为，但简到使人误会，玄到使人不了解，纵然写得好文章，于文化有什么裨益呢？词不达意，起初是文字的原因，写惯了，成为一种体格便影响到思想上头。中国的思想不清晰，中国文字应负起大部分的责任。所谓“读书不求甚解”便是使思想不能上进的根源。弄到为学非为致知格物，只为作文吟诗，有用的精力，费在未必能够成就的文艺上，这是何等可惜，何等可恨的事！

二、中国文字所受不进步的影响

因为中国文字进化到表义的一个阶段便停止，在大体上说来就影响到思想的不清晰，但从文字本身说，也有几点可以提出来的。

（一）字与文字。中国读书人可以说是识字的多，识文字的少。字是从原始的形态与单纯的意识写出来，文字是用复合的形，与声表示一个概念，它不一定是单字拼音，也许会联合五六个音才能表示出来。在旧字典里找不出文字，所收的只是字，多过一音的字，便被表为“辞”，不知道“辞”是不能靠单音或复音来判断的。拼音字或者是词，如“牛”当作“牛马”的“牛”解，是字，当做一个人的性格粗蛮解，说“他是一只牛”的“牛”是词。又如说“牛马”，分说是牛和马，是字，合说是含有奴隶式的服役的意思，如是“他为子孙做牛马”。如。“蜻蜓”，“冯夷”，“吝啬”是字，说真一点是文字，不是词，因为这些只表示一个单纯的概念。因为从前的学者不分别字与文字，所以写字，或读文的时候，每每弄不清楚，甚至把意义解错了。

（二）文与文章。中国人读书是为做文章，对于“文”的法则好像不大注意。

这是地山先生去世后一个多月，从他的故纸堆里找出来的一篇未完的文稿，他是为新文学学会成立两周年的纪念刊写的。在七月的下旬孙源向他催稿时，他说已经写好了一半的，便是这一篇文字。墨痕犹新，而人遽已作古！

在《国粹与国学》一文里，地山先生写着：“我们到现在用的还不是拼音文字，难学难记难速写，想用它来表达思想，非用上几十年的工夫不可。”这里“几十年”无疑地是“十几年”的笔误，但也可能地是排印时的错误。然而曾有批评这篇文字的人，根据这一点来指摘以为与事实不符。我早就想为作者辩正，但现在倒不需要了。在这一篇未写完的稿子里，他先写着（用毛笔）：“汉字非学上七八年不能用得流利”，后来又用钢笔把“七八”两字涂去，改上“十几”二字。这虽是个小点，但因为关系学术研究，所以附带说一句。

我的童年

延平郡王祠边

小时候的事情是很值得自己回想的。父母的爱固然是一件永远不能再得的宝贝，但自己的幼年的幻想与情绪也像叆叇的孤云随着旭日升起以后，飞到天顶，便渐次地消失了。现在所留的不过是强烈的后像，以相反的色调在心头映射着。

出世后几年间是无知的时期，所能记的只是从家长们听得关于自己的零碎事情，虽然没什么趣味，却不妨纪纪实。在公元一八九三年二月十四日，正当光绪十九年十二月二十八的上午丑时，我生于台湾台南府城延平郡王祠边的窥园里。这园是我祖父置的。出门不远，有一座马伏波祠，本地人称为马公庙，称我们的家为马公庙许厝。我的乳母求官是一个佃户的妻子，她很小心地照顾我。据母亲说，她老不肯放我下地，一直到我会在桌上走两步的时候，她才惊讶地嚷出来："丑官会走了!"叔丑是我的小名，因为我是丑时生的。母亲姓吴，兄弟们都称她叫“妪”，是我们几弟兄跟着大哥这样叫的，乡人称母亲为“阿姐”、“阿姨”、“乃娘”，却没有称“妪”的，家里叔伯兄弟们称呼他们的母亲，也不是这样，所以“妪”是我们几兄弟对母亲所用的专名。

妪生我的时候是三十多岁，她说我小的时候，皮肤白得像那刚蜕皮的小螳螂一般。这也许不是赞我，或者是由乳母不让我出外晒太阳的缘故。老家的光景，我一点印象也没有。在我还不到一周年的时候，中日战争便起来了。台湾的割让，迫着我全家在一八九六年离开乡里。妪在我幼年时常对我说当时出走的情形，我现在只记得几件有点意思的。一件是她在要安平上船以前，到关帝庙去求签，问问台湾要到几时才归中国。签诗大意回答她的大意说，中国是像一株枯杨，要等到它的根上再发新芽的时候才有希望。深信着台湾若不归还中国，她定是不能再见到家门的。但她永远不了解枯树上发新枝是指什么，这谜到她去世时还在猜着。她自逃出来以后就没有回去过。第二件可纪念的事，是她在猪圈里养了一只“天公猪”，临出门的时候，她到栏外去看它，流着泪对它说：“公猪，你没有福分上天公坛了，再见吧。”那猪也像流着泪，用那断藕般的鼻子嗅着她的手，低声呜呜地叫着。台湾的风俗男子生到十三四岁的年纪，家人必得为他抱一只小公猪来养着，等到十六岁上元日，把它宰来祭上帝。所以管它叫“天公猪”，公猪由主妇亲自豢养的，三四年之中，不能叫它生气、吃惊、害病等。食料得用好的，绝不能把污秽的东西给它吃，也不能放它出去游荡像平常的猪一般；更不能容它与母猪在一起。换句话，它是一只预备做牺牲的圣畜。我们家那只公猪是为大哥养的。他那年已过了十三岁。她每天亲自养它，已经快到一年了。公猪看见她到栏外格外显出亲切的情谊。她说的话，也许它能理会几分。我们到汕头三个月以后，得着看家的来信，说那公猪自从她去后，就不大肯吃东西，渐渐地瘦了，不到半年公猪竟然死了。她到十年以后还在想念着它。她叹息公猪没福分上天公坛，大哥没福分用一只自豢的圣畜。故乡的风俗男子生后三日剃胎发，必在囟门上留一撮，名叫“囟鬃”。长了许剪不许剃，必得到了十六岁的上元日设坛散礼玉皇上帝及天宫，在神前剃下来，用红线包起，放在香炉前和公猪一起供着，这是古代冠礼的遗意。

还有一件是妪养的一双绒毛鸡。广东叫做竹丝鸡，很能下蛋。她打了一双金耳环带在它的碧色的小耳朵上。临出门的时候，她叫看家好好地保护它。到了汕头之后，又听见家里出来的人说，父亲常骑的那匹马被日本人牵去了。日本人把它上了铁蹄。它受不了，不久也死了。父亲没与我们同走。他带着国防兵在山里，刘永福又要他去守安平。那时民主国的大势已去，在台南的刘永福，也没有什么办法，只好预备走。但他又不许人多带金银，在城门口有他的兵搜查“走反”的人民。乡人对于任何变化都叫做“反”。反朱一贵、反载万生、反法兰西，都曾大规模逃走到别处去。乙未年的“走日本反”恐怕是最大的“走”了。妪说我们出城时也受过严密的检查。因为走得太仓促，现银预备不出来。所带的只有十几条纹银，那还是到大姑母的金铺现兑的。全家人到城门口，已是拥挤得很。当日出城的有大伯父一支五口，四婶一支四口，妪和我们姐弟六口，还有杨表哥一家，和我们几兄弟的乳母及家丁七八口，一共二十多人。先坐牛车到南门外自己的田庄里过一宿，第二天才出安平乘竹筏上轮船到汕头去。妪说我当时只穿着一套夏布衣服；家里的人穿的都是夏天衣服，所以一到汕头不久，很费了事为大家做衣服。我到现在还仿佛地记忆着我是被人抱着在街上走，看见满街上人拥挤得很，这是最初印在我脑子里的经验。自然当时不知道是什么，依通常计算虽叫做三岁，其实只有十八个月左右。一切都是很模糊的。

我家原是从揭阳移居于台湾的。因为年代远久，族谱里的世系对不上，一时不能归宗。爹的行止还没一定，所以暂时寄住在本家的祠堂里。主人是许子荣先生与子明先生二位昆季，我们称呼子荣为太公，子明为三爷。他们二位是爹的早年的盟兄弟。祠堂在桃都的围村，地方很宏敞。我们一家都住得很舒适。太公的二少爷是个秀才，我们称他为杞南兄，大少爷在广州经商，我们称他做梅坡哥。祠堂的右边是杞南兄住着，我们住在左边的一段。妪与我们几兄弟住在一间房。刘面是四婶和她的子女住。隔一个天井，是大伯父一家住。大哥与伯父的儿子们辛哥住伯父的对面房。当中各隔着一间厅。大伯的姨太清姨和逊姨住左厢房，杨表哥住外厢房，其余乳母工人都在厅上打铺睡。这样算是在一个小小的地方安顿了一家子。

祠堂前头有一条溪，溪边有蔗园一大区，我们几个小弟兄常常跑到园里去捉迷藏；可是大人们怕里头有蛇，常常不许我们去。离蔗园不远的地方还有一区果园，我还记得柚子树很多。到开花的时候，一阵阵的清香教人闻到觉得非常愉快：这气味好像现在还有留着。那也许是我第一次自觉在树林里遨游。在花香与蜂闹的树下，在地上玩泥土，玩了大半天才被人叫回家去。

妪是不喜欢我们到祠堂外去的，她不许我们到水边玩，怕掉在水里；不许到果园里去，怕糟蹋人家的花果；又不许到蔗园去，怕被蛇咬了。离祠堂不远通到村市的那道桥，非有人领着，是绝对不许去的，若犯了她的命令，除掉打一顿之外，就得受缔佛的刑罚。缔佛是从乡人迎神赛会时把偶像缔结在神舆上以防倾倒的意义得来的，我与叔庚被缔的时候次数最多，几乎没有一天不“缔”整个下午。

牛津的书虫

牛津实在是学者的学国，我在此地两年的生活尽用于波德林图书馆、印度学院、阿克关屋（社会人类学讲室），及曼斯斐尔学院中，竟不觉归期已近。

同学们每叫我做“书虫”，定蜀尝鄙夷地说我于每谈论中，不上三句话，便要引经据典，“真正死路！”刘锴说：“你成日读书，睇读死你嚟呀！”书虫诚然是无用的东西，但读书读到死，是我所乐为。假使我的财力、事业能够容允我，我诚愿在牛津做一辈子的书虫。

我在幼时已决心为书虫生活。自破笔受业直到如今，二十五年间未尝变志。但是要做书虫，在现在的世界本不容易。需要具足五个条件才可以。五件者：第一要身体康健；第二要家道丰裕；第三要事业清闲；第四要志趣淡薄；第五要宿慧超越。我于此五件，一无所有！故我以十年之功只当他人一夕之业。于诸学问、途径还未看得清楚，何敢希望登堂入室？但我并不因我的资质与境遇而灰心，我还是抱着读得一日便得一日之益的心志。

为学有三条路向：一是深思，二是多闻，三是能干。第一途是做成思想家的路向；第二是学者；第三是事业家。这三种人同是为学，而其对于同一对象的理解则不一致。譬如有人在居庸关下偶然捡起一块石头，一个思想家要想他怎样会在那里，怎样被人捡起来，和他的存在的意义。若是一个地质学者，他对于那石头便从地质方面原原本本地说。若是一个历史学者，他便要探求那石与过去史实有无关系。若是一个事业家，他只想着要怎样利用那石而已。三途之中，以多闻为本。我邦先贤教人以“博闻强记”，及教人“不学而好思，虽知不广”的话，真可谓能得为学的正谊。但在现在的世界，能专一途的很少。因为生活上等等的压迫，及种种知识上的需要，使人难为纯粹的思想家或事业家。假使苏格拉底生于今日的希腊，他难免也要写几篇关于近东问题的论文投到报馆里去卖几个钱。他也得懂得一点汽车、无线电的使用方法。也许他也会把钱财存在银行里。这并不是因为“人心不古”，乃是因为人事不古。近代人需要等等知识为生活的资助，大势所趋，必不能在短期间产生纯粹的或深邃的专家。故为学要先多能，然后专攻，庶几可以自存，可以有所贡献。吾人生于今日，对于学问，专既难能，博又不易，所以应于上列“三途”中至少要兼“二程”。兼多闻与深思者为文学家。兼多闻与能干的为科学家。就是说一个人具有学者与思想家的才能，便是文学家；具有学者与专业家的功能的，便是科学家。文学家与科学家同要具学者的资格，所不同者，一是偏于理解，一是偏于作用：一是修文，一是格物（自然我所用科学家与文学家的名字是广义的）。进一步说，舍多闻既不能有深思，亦不能生能干，所以多闻是为学根本。多闻多见为学者应有的事情，如人能够做到，才算得过着书虫的生活。当彷徨于学问的歧途时，若不能早自决断该向哪一条路走去，他的学业必致如荒漠的沙粒，既不能长育生灵，又不堪制作器用。即使他能下笔千言，必无一字可取。纵使他能临事多谋，必无一策能成。我邦学者，每不善于过书虫生活，在歧途上既不能慎自抉择，复不虚心求教；过得去时，便充名士；过不去时，就变劣绅，所以我觉得留学而学普通知识，是一个民族最羞耻的事情。

我每觉得我们中间真正的书虫太少了。这是因为我们当学生的多半穷乏，急于谋生，不能具足上说五种求学条件所致。从前生活简单，旧式书院未变学堂的时代，还可以希望从领膏火费的生员中造成一二。至于今日的官费生或公费生，多半是虚掷时间和金钱的。这样的光景在留学界中更为显然。

牛津的书虫很多，各人都能利用他的机会去钻研，对于有学无财的人，各学院尽予津贴，未卒业者为“津贴生”，已卒业者为“特待校友”，特待校友中有一辈以读书为职业的。要有这样的待遇，然后可产出高等学者，在今日的中国要靠著作度日是绝对不可能的，因社会程度过低，还养不起著作家。……所以著作家的生活与地位在他国是了不得，在我国是不得了！著作家还养不起，何况能养在大学里以读书为生的书虫？这也许就是中国的“知识阶级”不打而自倒的原因。

旅印家书

一九三三年燕京大学实行“教授五年一休假”制度。地山利用休假时间，应中山大学邀请前往讲学，俟松同往。半年后，地山由广州去印度考察，俟松回北平。这些家书，就是地山一九三四年间在印度时写给我的。光阴荏苒，转瞬已五十余年矣！一九八一年，为地山逝世四十年祭，曾应南京师范学院《文教资料简报》编者之约，谨将部分书信发表，值此《许地山研究集》出版之际，又增选若干篇一并编入，供现代文学史研究者及地山作品的爱好者参考；并以此表示我对地山的一点纪念。

周俟松 1988 年 4 月于南京

一

六妹：

那天从蓝沙丹尼下船，和你告别后，看船已出港，便即搭泉州船往澳门。本不想到李家去，想自己去看看，第二天便回广州。可巧在船上就遇见那学生，他一定要我到他家去。他父母极意款待，一连两天，不让我走，每食必火锅，真是过意不去。到走的时候，还给我买船票又送饼食很多，真是却之不恭，受之有愧。澳门地方很有趣味，很像南欧洲城市，商业不盛，政府依赌为生。回省后，又换了十镑做船费，因为船票须三百二十元英洋。你只交一百九十元给我。今日到香港，明天开船，船名 Takada，英邮船也。日本船终不可搭。信到时想你已在家，家人安否？祈函知。地址（略）

想你！

夫字　2月3日广州

二

六妹：

前天下午四时从香港出海，现在已离香港四百余里，但距新加坡还有三日夜的路程。天气渐热起来；在香港已吃到西瓜，今早早餐已开了电风扇。海上仍是阴沉，北风从后面追来，弄得船有些摆荡。船上搭客不多。去年夏天在北京饭店住的，那位匈牙利人华义，亦搭此船，故每日与他闲谈，颇能消寂。此次到香港，除到莫君家去吃饭以外：哪里都没去。船行那天，找不到电报局，也就没打电报，船上每字两块多，大可以不必打。在海上五天，北风很紧，船虽摇荡，于我无伤。船中只看些书，并不能写什么，晚上与同舱二位先生（一位卢，一位刘，都是岭南中学教员）闲谈。卢先生能弹古琴，程度很高，有时电讲爱经。有时与华义谈北京那女古董家。不觉又看见新加坡了。今天是九号，从香港到此为一千四百四十四里，足走了五天五夜，大概要后天才能开船到槟榔屿。到仰光还得七天，到时再通知。夜间老睡不着，到底不如相见时争吵来得热闹。下一封信，咱们争吵好不好？

即询

全家安好

蕙君来了没有？我也想她。七妹子呢？

老太爷喜欢我的礼物不？不要回信，我到普那当电知。

地山　2月9日

三

六妹：

昨天下午四点又离开新加坡，还要一天才到槟榔屿。昨天与林元英夫妇到植物园去。前天找了几个旧朋友到游艺场玩。九点半回船，天气已不热，但没有睡好，今天有点头痛，不想吃东西，大概是晚上想事多所致。

我们到星洲那天，正值陈嘉庚公司倒闭，因为旧历年关在即，债主不肯通融，不得已要想别的方法，但除宣告破产以外没有别的法子。林元英在此，月薪约合华币一千，但不甚够用。他想回南京去。他已有两个男孩，夫人也老成一点了。

离港以前听罗文千说，日俄邦交恐怕在今年六七月间会破裂，北京听见什么消息没有？

今天是我生日，大概家里也没有什么举动。船已到了，今晚开到仰光去，三天后才能到埠。现在要上岸去寄这封信，顺便去看几个朋友。这信到时，你便可以写回信到普那去。

地山　2月14日

四

六妹：

到仰光第三天，便又上船到上缅甸曼德来去。船走了七天，到昨天才到，现住在一家云南人开的南洋中外旅舍。什么都不方便，因为缅甸古物保存会的主任，为我定了参观的日程，料想得住三天才能回仰光去。这时候是采玉石的季候，从中国来了许多璞商，玉山离此地约有四天路程，市上有些云南人在那里卖，价钱非常便宜。买璞比较磨好的便宜，不过，好不好不管保。我很想买一两块，不晓得会上当不会？心想不买，引诱实在太大，宝山空回，是多么可惜呢！在船上又成了一篇小说，不久誊好寄回去。此地疫症正发，东西又不干净，今天起来有一点不舒服（头痛），大概不要紧。从前没觉得一个人出门难过，自从有了你，心地不觉变了。现在一天都想家，想得厉害，尤其是道中，有一个月没得你的信，心又急。我想赶到普那去，但此地可研究的东西实在多，又舍不得去。离仰光时，必打电给你。

地山　元宵在瓦城

家人都好

Mandalay 是缅甸旧王都，近云南。

五

六妹：

昨从瓦城回仰光，要到本星期六，才有船到印度去，所以这信是在缅甸最后发的信了。在瓦城寄上一书说玉石很贱，那玉商非要我买一两件不可，于是我便买四颗翠玉，都是玻璃的，那大的可以镶戒指或扣针，小的做耳环。公遂说，可以用保险信封寄，所以依他的话冒险装在信里，我想你一定很喜欢。我本想买一两件给蕙君与七妹，只怕不好，反为不美，故未敢办。此地旧友很多，原定三月初到印，因为他们一留，现在就要十几才能到了。楙新功课如何，甚念。北平局势若是不好，就得早想法子。在瓦城时，有旧友林希成君想要些北京的香瓜、梨瓜种子，他想在缅甸试种。希即到市场替他买几种，要多些，还有怎种，也请详说。林君地址即囊玉的信封上所印的，照写照寄便得。

孩子们都好？哥真想他们，更想你。老太爷顺此问候。小说稿下期寄。

我是你的哥哥　3月7日

六

六妹妹：

三月七日寄你一信并在保险信中寄去翠玉四颗，不知收到否？你喜欢吗？

你来信说北师大仍要继续聘请我教历史，记得过去上历史课时，你来到课堂坐在最后一排听我讲课。你后来对我说：“你讲课清楚，对历史分析得深透有启发，教得好！”这个评语使我很高兴，也是鼓励吧。来信说：“有些青年说历史是远水解不了近渴，不解决当前的问题。”你应对他们说：“你们要好好学习英国科学家培根说过的‘读史使人明智’，那是很有见地很有道理的。”因为历史有助于我们清理思想，借鉴历史经验检查过去、指导现实。正可以帮助我们对中国深受帝国主义侵略，沦为殖民地半殖民地的痛苦经验，也对祖国某些方面落后的原因有所了解，从事实对比中吸取教训，提高认识，激发起爱国热情，反对封建反对帝国主义，努力为祖国建设出力。读历史不是可以变得聪明起来，不是可以明智吗？你说我讲的对不对，你也是教师，应对有些青年涉世不深、生活经验缺乏、对历史不了解、容易崇洋迷外，我们当教师的，有责任指导他们。

我的好妹妹、好教师。

地山　3月12日

七

六妹子：

到普那已经四天了，现在还是住在客栈里，一天要十个卢比左右（一卢比合大洋一元二毛）。吃的是洋餐，真难吃，又贵，早茶十二安（一元），早饭 R. 1. 80（二元五毛），中饭 R. 2. 00（三元），午后茶 R. 0. 80（七毛），晚饭 R. 3. 00（二元六毛），房钱在外，不吃还不成！此地没有别的客栈，是这家专利，栈主拿外国人都当财主，真可恶。明天或后天，巴先生才能给我想法子，搬到学校或印度公仆会宿舍去，那里要用多少，还不知道。总而言之，没有预料的那么省。前几年我住波罗奈城，一个月不过花三十个卢比，那时候卢比贱，三十卢比不过大洋二十一元左右。现在在这里算来，至少也得用八十卢比（依巴先生替我算最省的数），合大洋也得百元左右。我身边现还可以支持两个月（不算学费，我还没找着老师，学费多少，没把握）。如果××先生的款有着，我想在这里留三个月，到六月中离开此地，用一个月工夫游历。我还不敢到处去，许多应到的地方，都候着钱才能动。

到的那天，打了一封电报，就用去十四个卢比。此后信件还是由 Dr. N. B. Parulekar 转，他是 Sakal（报纸名）的主笔，如打电报汇款，写 Hsotis - han，C/oSakal，Poona gndia 便可达到，Sakal 也是该报的电码。信封可以写详细一点 C/oDr. N. B. Parulekar，TheSakal，Poona，gndia。

自己一个人，钱用得真容易。我现在才理会，好妹妹你在身边，是多么大的帮助。我的口袋不能有过五元是真的，真的常常莫名其妙地便用完了。在道上理发，招得耳后长癣，花了些钱买药，现在治好了。常头痛，大概是那缘故。你的腿，回家后好了没有？若不好，还得上协和看看去。自从与你分别后，只看过两次电影，一次在广州，一次在仰光。也没有什么消遣地方可去，所以每天除看书，便是写东西。《春桃》原来想名《咱们的媳妇》，因为偏重描写女人方面，那两男子并不很重要，所以改了。本来想直接寄给东华，但我愿意妹妹先看，我没第二副本，最好另抄一本寄到上海去。

我想你和孩子们，一天老没得好好用工夫，大概是相离这么久，没得你的信所致。老太爷好吗？过两天把事情安排好了，写封信给他。七妹子和蕙君好，我也想她们。我打算五月到Goa去，那是天主教的圣地，头一个到东方来传教的圣方济（St Franrisavien）的墓在那里，圣方济死在澳门附近的上川岛，教徒把他的尸运到印度来。问问她们要求什么，我到墓上替她们求去。

这纸是空邮用的，质量轻薄，名叫Airmail，大概永兴也有得卖，抄稿子最好不过。

这两天抄稿把手都屈痛了，下星期一再写。我想你的第一封信最快还得一个月左右才能到，从北京到孟买得二十五天左右。如果香港有人寄飞机信，一个礼拜可以到，路程是从平飞沪，转飞广州，寄到香港（广州不能飞香港），再飞递到印度五天左右（香港印度线是从港飞西贡、仰光、加尔各答、孟买），因为中英空邮未定约，故不能直进。

再谈罢，要去吃晚饭了。

地山　3 月 19 日

又，Dr. N. B. Paiuc
ean 不久要同一个法国女士结婚，又得预备礼物。你去买一两个南京锦靠垫寄来好不好？还有王克私先生那里，你去印一张郑成功的像送给他，我不久就有信给他。

在仰光寄去的四粒翠玉，收到了没有？我想你一定喜欢那大一点的。普那的金线银线很有名，要么？

我忽然想起来，我有一个朋友的女儿嫁在香港。你若要寄飞机信，可以写信给她（用文言或英文）请她转寄。不过信皮得写“By Airmail”。从香港飞递到此地得港银五毛（五十先）。她的地址：（略）

地山　3 月 22 日

八

六妹子：

二月二十一日的信已经收到，仔细看了十多遍。你没告诉我老太爷喜欢那拐杖和印色不喜欢，以后我不再送东西给他，因为他不稀罕。燕京款项已函王克私及司徒二位先生，或者王先生可以帮忙说说。附上两封，一封是给那犹太学生的，他的名字叫 Jacob Rabinowits。给司徒的信可以由他转，所以你只须加上两个信封便可以。

昨天搬到学校来，此校名 Sir Parashviambhaa College，每月房租大概十卢比左右，吃一天约一卢比，学费二十卢比左右，其余十卢比左右。所以我身边的款还可以支二个月左右（还剩三百卢比）。我已决定六月十五左右离开此地。如有钱早些回家；没钱，不回家！你得想法子，××处已写信，也是今天寄飞机去。前信想已接到，如《春桃》稿还没寄，在最后一段，最后一句应加“过不一会儿，连这微音也沉寂了。”一句。

暑假后如打算搬到海甸，现在便当与谢景升到总务处交涉。祝先生婚事想已成功。

此地吃饭用手，吃不惯，买了一把叉子，一条勺子。没肉吃，个个都是吃素的，坐在地下，没椅也没桌。

地山　3 月 26 日

《道教史》合同如签好，可以商量预支版税，还可以去找振铎。《说明书》请转寄。《说明》有些自吹，这便是我恨做买卖的一个缘故。

九

好妹妹：

相片和信都收到了，寄相片得用硬纸夹住，不然，都折坏了，这次好在没折着你的脸，还可以挂挂。上星期的信，附给司徒雷登先生的，是要放在那犹太学生的信里，由他转，最好你还是去见见司徒。我此地足短二千元左右。近几年来，印度样样东西都贵得厉害，一个香瓜往时一安（合华币一毛六），现在卖到二安（印度一卢比合十六安，每安四铜子，铜子为单位，一铜子合三贝，但不用，1R—upte = 16annas；lanua = 1/4anuo）。坐一坐车得四安，真是不得了，吃的东西不好又贵，此校学生，每月膳费十五卢比（合十九元五毛左右），一天两顿，通个月没见半块肉或一条小鱼，净素，每月不改。一盘饭，一小碗加里茄，或南瓜、小椰菜之类，芋叶、香蕉花、苦瓜、黄瓜，算是好东西，不轻易吃得起。衣服一件，洗工一安。连学费算起来，总要百卢比一个月。所以这信到的时候，我的钱也就快完了。在这里有一样事顶自由，你猜是什么？平常在家，你不许我吃的东西，在此地天天大吃特吃，吃了上下都有味，他们说有益，所以我就大胆吃起来。一天洗两次澡，有时还多。里衣裤每天自己洗，比刘妈还洗得干净。此地地势很高，白天热度在一百零五左右，风是热的，像理发馆吹头发机器所出的一样，晚上倒可以过得去。

上个星期到Bhor国，这是印度还没亡的一个小国。地方不过百里。国王请我们吃大餐（坐在地上吃），又教我同他父子照了一个相。附上的照片，是那国王的父亲的陵前一条小溪，石头很好看，水很静，像镜一样。站在床后的那张，很像我父亲的样子。那蚊帐架子很特别，一面有四个钩，可以挂蚊帐，随时可以取下。照这法子，咱们的铜床也可以做，用木头做，可

以叠起来，晚上支上。上头的方框，也可以拆，冬天不用可以收起来。（附图略）

种籽一包，是此地的野花，可以交给楙新种，等我回去看。小黑籽是刺罂粟，开黄花，像虞美人，不过全身是刺，宜于种在篱笆下，可以为虞美人配种，使花的颜色改变，刺少一点。像榆钱的是一种小树，开黄花像喇叭。有毛的是蒲公英（各种颜色都有），比中国的大四五倍。还有小黄扁籽，也带絮，是小金盏，此花台湾、广东也有，不香，可很好看。

下星期再谈吧！我的亲妹妹。

哥，你的伴　4月1日

十

六妹子：

又是两个星期没接到你的信了。燕京款项交涉，结果如何？现在我身边只剩二百三十卢比左右，这月的不来钱，可了不得。上海那套《大藏经》寄到广州去没有？此地有个印度人想买。梵文教师已找着，每月束脩，大约在二十卢比，一星期三次。这两天正忙着咧。在此地又变成纯粹的素食者。印度人多半食素，除去回教徒以外，简直没有食肉的，连鸡子都要到很远去买，我有三个星期没尝过鸡子和肉的气味了。他们的素食，滋养料很充足，主要是饭、黄油、醍醐、酪。我一天吃两顿。早餐没有人吃，十一点半一顿，晚上八点一顿，下午喝一杯茶。

每顿吃差不多一碗饭。两杯牛乳，一张饼，没有什么菜，稠豆浆照例有。虽然吃不多，精神却很好。

关于咱们的房子问题，交涉了没有？我想若是学校下年辞退许多教员，当局必不会给我们原先看定的那所房子（史密斯的房子）。住在南大地或东大地，未免不方便（老太爷方面）。现住的房子无论如何是不能要，因为租钱太贵，又没花园可以给孩子玩。我始终还是想住海甸。

燕京大学无线电台每星期一、五两日与仰光通电。你如要打电给我，可以请那犹太学生（刘育才）Mr Jacob Rafinowily①替你打，不用花钱。打到仰光请许麼力先生给转到我这里便可以。刘育才住城里，电文得用英文，可以请蕙君写。再谈。

哥　4月9日

十一

好妻子：

今早接到你三月十九的信，心花都开了。好妻子，我知道你苦闷，我应不离开你。以后若是要到别的地方去，一定和你同行。

此地一切均已就绪，不过时间太短，恐怕学不着多少。近几天来，每想燕京的事情，以后是靠不住的。“君子见机而作”，

① Rafinowily 与前文 Rafinowilts 系同一人，原文有误——编者注

应当早想法子。哈佛燕京社的钱，他们不拿来用在真正国学的研究上。我们几个人，除我懂外国话可以抬杠以外，其余颉刚、希白二位是不闻问的，所以我会成为他们的眼中钉。不晓得到什么时候，他们要开除我。这几天，我想到一个方法，就是自己找些钱，开个研究院……

寄去照片其中，一张是我的卧房，墙上挂着你的像，后面是我买的一个美女（画）。另二张是我在此校的膳堂里吃饭的样子。他们都坐在地上，用手抓饭吃。印度人吃饭，照例是脱衣服，赤脚。我的脚，比起他们的，是又小又白净。他们说我的脚像女人的一样（他们说美得像辩才天女的一样），但他们的女人的脚并不小，也不白净。膳堂的尽头便是厨房，你可以看见那厨子在地上烙饼，两张不同样，一张可以给文子，吃完，把盘子储客时，用蕉叶，或别的大树叶）推进坐的方儿里头，到外面洗手，吃槟榔。又一张是在澳门贾梅士纪念碑的下照的。贾梅士（Camoens）是葡萄牙的最大诗人，明末到澳门来，在白鸽巢写他最伟大的*The Jusiad*。此诗为葡国最美的作品，所以欧洲名人，每到此瞻拜他的遗迹，石壁上刻了许多名人的题记。此片是给王克私先生的，请转给他。回家时，可以教给你洗像。(学费二百元，给得起吗?)

你的腿现在怎样啦，好了没有？我想原因是前几年在塘沽摔倒所致，并不关牙的事。英国近出了一种药，名 Elaito，专治腿痛，不晓得北京有卖的没有？如没有，可请蕙君写信到伦敦去买一瓶试试，或照底下拟的信寄（去略）。此药每瓶五先令，无邮费，故寄五先令便可以。药是内服，从血液医治。到底怎样，我没见过。我在此，因为吃素的原故，没屙过血，痔疮也渐小了。我想以后，我不再食肉了，最多可以吃鸡子或肉汤。我已理会肉类对我的身体不合式。咱们都吃素，好不好？

地山　4月15日

十二

六妹：

上函寄出后告诉你我到此一切就绪，想必你会为我心安。远隔重洋，一字值千金，望你多给我写信，以慰时刻在想念你们的游子。

记得我在一九二六年由英国回国时，特意绕道印度去拜访诗圣泰戈尔，那时我住在印度波罗奈城印度大学，搭车去加尔各答附近的圣蒂尼克泰戈尔创办的国际大学参观，同时也去泰戈尔家里看望，他是我一向敬仰的知音长者。还带回来他送给我的照片和纪念品吉祥物白磁象。交给你，你还很宝贵的收藏着。我回忆起泰戈尔肩披有波纹的长发，飘洒着美丽的银须，谈笑风生，举止优雅。他的形影至今还深刻地留在我脑里。他建议我编写一本适合中国人用的梵文辞典，既为了交流中印学术，也为了中印友谊，我回国后即着手编纂。字典稿存在燕京大学我的书房里，你空时去燕京看看该没有散乱那些卡片吧？我本想再去看看泰戈尔，告诉他我遵循他的嘱咐在编梵文辞典，他一定会很高兴的。可是我打听到他现在不在家，到别处讲学去了，也不知是去到哪里，所以我就没法去看他。我留印度不会久的，恐怕没有机会再见面了，除非他再到中国来，一九二四年他来中国时我在牛津，失去了相见的机会，所以我回国时一定绕道印度去看他。至终如愿以偿是很高兴的事。现在近在咫尺未能再见深为遗憾。真是人生聚散无常呵！我在外心里的事无可告诉，坐下来把它写下告诉你，泰戈尔是我的知音长者，你是我的知音妻子，我是很幸福的，得一知音可以无恨矣。对吗？

你的四哥　4 月 20 日

十三

六妹：

昨天接到你三月二十七的信，一切知道，钱如筹到，即请电汇。燕京如不再给，是真对我不住，使我对于他们更失信仰，我实在不想同他们再混下去。燕京当局老抱着一种“要则留，不要则请便”政策对付教员，这是我最反对的。来年裁的人固然有许多该走的，但也有很好的教员在里头（未见着名单，谁被裁总知道一点）。几个大头闹意见，拉拢教员，巴结学生，各树党羽。在我看来，无一是处。我想还是另找事情，北大，或南京，或广西、湖南都可以。我不再找清华了，这次要走得远一点。前次的信所说，组织电影经理处的事，我越想越有把握，虽然我不会做买卖，我却信这事可以办。

我来此已一个多月了，对于此地风土人情也多知些。有些印度人的责任心浅薄，应许的事，每不去做。有时我得自己出马，连当差的也用不得，不好好干事，只想要钱。此地个个都以为我是财主，他们想，若没钱，怎能到外国？两三个同住的半教员半学生的印度人老是向我要这样、要那样。比如一块胰子（我不懂本地话，自己去买得到很远去，坐车得花差不多两块大洋来回），你若托他们去买，他们总没工夫，可是等我自己去买回来，他们又来借，连牙膏牙签也可以借！若是他们领我去看地方，好！什么都得我解囊！我怕得不但不敢约他们，连自己去也不敢教他们知道。

我屋里的臭虫简直没办法，一天总要治死十几只，印度臭虫特别大。他们多不杀生，见我的行为，都很诧异。有些人身上还养臭虫，以为是一种功德，所以你如看见别人身上有臭虫，最好别去管，若不然，有时候你便要听见“由它罢，那是我养活的”。若是你不喜欢臭虫，把它拈起来，送到门外去，所以结果不是爬回来，便是到别人身上去。我在写字，臭虫满桌上爬，真像小油虫一样，走动得很灵敏，你要拈它，它马上就藏起来。

此地的蝙蝠也非常的大。每到黄昏，一群一群飞出来觅食，翅膀张起来，约有四尺，歇着的时候，就像一只小狐狸。绿鹦哥（会说话的）很多，市上卖得很贱，一钱银（合三毛多大洋）可以买一只。孔雀也便宜，十几卢比一对，不过都不好带，在半道上常饿死了。

照片四张，有一张是广州小北门外，我大姊的坟，临离开广州的前二天找到的，坟砖都被人偷了。偷者算还有良心，还留下墓碑与后土位，找到的时候，土埋到“显妣”的地方。我找人随便挖开，照了这相。其余已请叶启芳经管，修理总要五六十元（最少）。此片可以转寄给敦谷。其余三张是上星期的成绩（自洗自晒）：“象”是到远地给你买一个最好的镜框，挂上以后照的。“看书”是在我床上照的。还有一张“看书”，墙上挂的是冼姑娘的画和甘地的浮像。这样的手段，可以开照相馆吧？……

四哥　4月24日

十四

六妹妹：

这封信一定与二十四那封同时到，因为此地空邮提早了一天，所以上星期的信件，都归入这星期发。翠玉四块，本来不大，不能做得什么，当时也想到买些大的，只怕钱都用完，没法往前走。买璞更便宜，不过得懂，才有把握，一块可以琢成手镯之翠玉璞也不过三十盾左右，琢出来也许就值一千，也许满不是那么一回事。那四块小翠玉一共花了十四卢比（十五元左右），顶大块的十一卢比，其余每件一卢比。我到的时候正是中国商人（多半自广州来）到玉山去采璞的季候。所以有的旧货，人都争着出脱，可惜没钱，不然真可买得好的。缅甸还产红宝石和绿宝石。我知道你不大喜欢红的东西，所以没问价钱。

至于怎样处置那四块小东西，我以为可以镶胸针或项串，若把那大的镶戒指，不成吗？

七妹子决意出家，我早料到，机会命运把她放在那样的生活里，你想有什么路可以走，除去当姑子以外？不过当姑子并不算什么伤心。人都得有个职业，她要专心办学，自然出家比嫁人更好。在学校当过五六年校长，不嫁，还不是和姑子一样？更好的是，若她当了正式姑子，她可以享许多利益（办事上的和学业上的），当然是好。我总想着，她若离开那样的环境，也许不至于出家，但往哪里去找更合式、更永久的事给她呢？不必伤心，提防蕙君跟她学，那是要紧。

上次寄给你的那印度女子（像），她父亲已经给她找着一个女婿，不过还没下定。此地风俗，嫁女得预备很多钱。因为女婿可以要求陪嫁（不是嫁妆），有时要求过多，娘家不能给，婚事便吹了。此女已找过几主，人家要她两千陪嫁，她父亲出不起，所以没成。陪嫁是交给女儿带过来的现款，除此以外，礼费妆奁还要。所以女儿在此真是“赔钱货”。男子可以不送聘金，得妻兼得财。我也很想干一干，你说好不好？

昨天晚上去看印度戏，是翻译欧洲的剧本。情趣与中国的新剧一样，男女合演，在他们是破天荒。

我想在六月中旬离开此地，若没钱就一直回国，若有富裕，便到各处走走（期间两星期左右）。我还没到当到的地方去咧。此信到时还可以回信：若过五月二十，请不要寄常信，信走四星期才能到此，寄飞机信或打电报都可以。

现在要到一个花园去同那女子照相。她哥哥要我代她照一个好的，为的是可以给人看。

告诉小苓这是爸爸。

丑 4月29日

十五

妻子：

我四月二十四日去信大致说了燕京大学不是久留之地，总有一天他们会开除我。你知道，我读在燕京，我教在燕京，我生活在燕京，我尊敬燕京的老师，我爱护燕京的学生，对母校燕京是有感情的。但对燕京当局的种种措施不能容忍，我决心要离开。我告诉过你，缅甸大学邀我去教书，我又想组织电影经理处，又想办研究院。最后决定还是办一个中学切合实际，中学是基础教育，可以为高一级学校或专科学校培养后备军。而且你又是中学教师，我们同心协力建设一个最理想的中学。这个建议你赞同吗？来信告诉我。

你问我除研究梵文和印度哲学外还做些什么，你知道我一天总是在图书馆的时候多，过去在牛津大学人们开玩笑叫我书虫，书虫是蛀书的，但是读书读到深邃倒是我所乐为的，假使我的财力和事业能允许我，我愿意在牛津做一辈子书虫，做书虫也是不容易的，须要具备许多条件。我没有条件，只是抱着读得一日便得一日之益的心志。

好人！你看我的书斋名面壁斋，过去我没向你解释，就是心无二用、目无斜视的读书。这样才能专心致志，武装自己的头脑，才能广博知识，明析道理，坚持革命精神经久不惑且愈坚。

我除读书外还写写小说，过去在家里写好了你代我抄，现在写好了还要自己抄，有时抄得手腕都痛起来。我想还是把初稿寄给你，你代抄，还可以让你先看看，也可以提提修改的意见。

今日就写到这里。

地山　4月30日

十六

六妹：

昨天才寄你一信，今天一早起来，想起了是五一国际劳动节。这个节日是我们夫妇喜庆的日子。你记得吗？是我们结婚的第六周年纪念日。不知你们在家庆祝没有？我们每个纪念日全家都照一张照片，等我回家时再照吧。

记得我在日记本上写的“风和日丽，我们幸福地开始共同生活”。你建议在中山公园来今雨轩举行婚礼，为纪念我同郑振铎等十二人创办文学研究会成立大会的所在。那些参加祝贺的朋友亲戚们如蔡孑民、陈援庵、熊佛西、朱君允和田汉、周作人等如仍在北京，有空去拜访拜访他们，也代我向他们致意。

你的好伴地山哥　5月1日

十七

六妹，好伴儿：

今天接到你四月十三日的信，想那封飞机信是丢了。昨天接北京汇来英金三十镑，大概是燕京来的，今天不能取，到明天才能知道。那封丢了的信，你大概是告诉我小说稿接到了。方才又接到上海的信，傅东华来的，说小说稿已接到，登在七月号上。上两信给你说的电影计划，进行了没有？我看是很有希望，你想怎样？哥七月底准到家，若钱来得早，早走，也许六月初离此地，游行二星期，七月中到平。

（原信中脱落一段）……妹看好不好？妹请人写起来，挂在卧房里，好不好？“①夫妇间，凡事互相忍耐；②如意见不合，在说大声话以前，各人离开一会儿；③各以诚意相待；④每日工作完毕，夫妇当互给肉体和精神的愉快；⑤一方不快时，他方当使之忘却；⑥上床前，当互省日间未了之事及明日当做之事。”还有一两条，不甚重要，不必写。妹妹，你想这几条好不好，咱们试试吧。哥实在没给妹委屈，平心而论。但以后，无论如何，咱们不会再争吵了，我敢保，我知道妹真爱我。

妹，你应当告诉我的许多事，都没告诉我，我在此地，要像在家一样知道家里的事。蕙君常来吗，老太爷心境如何？楙，为何不写信？

丑　5月6日

十八

六妹子：

等你的信，到如今还未接到，我有一点着急了。这几个月用了不少钱，只希望佛教会能津贴一点，但到如今，一点信息也没有。××先生也没回信，“轻诺必寡信”是意中事，我决定钱来便走。地方也不多走了。家里还有许多手尾未了，如道教史、厌胜钱、印度小说等等都要赶着做，所以早回家也好。此信到时，如还筹不着钱，即想法电汇四十镑做路费到上海，回家后再说。今天是十四，此信大概得六月初才能到平，所以在这封信到时，没有给你回信的时间了。香港来信说你寄去五元，信没收到，钱却收到了，等你的信哪。

昨天上狮子堡去。此堡离城不远，出海四千多尺，风景很好。那个印度女子到别的地方去了，她父亲因为有一主要求嫁妆太多，又没成功，所以又带着她到孟买去。在印度生女，真是个“赔钱货”，嫁妆论钱，并非像中国的家私，并且是给女婿的！所以一不成，为父亲的得带着女儿到处去找“主儿”。通常女子是要受男子或男家人试验和面看的。我不喜欢她哥哥和她父亲，因为他们净占我便宜，一进我屋里，能吃的，不问主人，都给吃光了。我早没想到印度是个馋地方，馋到连苍蝇也吃起盐来了！在饭厅里，我真没法轰它们，酱和油盐一不留意，准有苍蝇来光顾。虫犹如此，何况人乎！她父亲教我写信给你，寄点北京酱品来给他吃，真不客气！我没见过这样人。……

地山 5月14日

十九

六妹子：

接到五月一日的飞递信。同时收到燕京两封，一是傅晨光先生的，一是会计处的，说的都是关于钱的事。学校只应许借，因为原许的二千美金已经用完，金水落得厉害，所以不敷。这也不能怪学校，不过借薪水在此地用，有点不上算，还是去催催×××，多少总筹一点来做路费。燕京借钱照例要算利息，你得提防，你告诉傅晨光，我把《道教史》交给商务印书馆，他写信来说我应当先问哈佛燕京社要不要，因为所有我的作品，哈佛燕京有权先印。这一来，连小说都要算在内。咱吃他几百块，还要吐东西还给他，实在有点不愿意。我要写信给傅晨光先生，如果学社要，得给钱。告诉吴文藻先生，说不要给我定功课，我来学年不教书。我真想自己出来干一干，燕京是靠不住的。

钱到得早时，我准于六月中（此信到时）离开孟买，一直到香港。我还要回漳州把那些东西带回家，所以七月十日左右便可以到家。至于写信怎寄的问题，我以后定了船期，你便可以由船公司转。以后再告诉你吧。近来心烦得很，有时自己生气。

哥 5月21日

二十

六妹子：

五月九日和十四日的信都接到了，我现在只等款，款一来，马上就走。这封是最后的飞机信，此后还是每星期一给你信，你可以不必回信。若我的船位定好了，你可由飞机递到各埠船公司转给我。

写信给老太爷，我自从到这里来，一步也没走开，没什么可报告的。许多地方应当去的都还没去。上星期赶着雨季之前到阿前多和伊罗去参拜佛教遗迹，用了一百元左右。在伊罗洞外约十里的丛林中遇见一只约一丈长（连尾巴）的大豹，险些性命丢给豹做大餐。那天（5 月 27）在道上遇见许多小野兽，因为洞离城市十七英里，我同一个学生坐马车去的，马车走三点钟才到。回来时，日已平西，过那丛林，已不见太阳，正是猛兽出来找吃的时候。车上三个人，一面走一面谈，忽然车夫嚷说："看！老虎在道上走！怎办?"那时已是黄昏后，幸亏是月明时候，车夫也有经验，他说："坐定了，提防着!"把马鞭了一下，走近那大豹约十码之地，车夫鞭车篷，发出大响声。那豹一双大眼睛看着我们，摇着尾巴，慢慢走到溪边去了，车夫看的是老虎，我看的是豹，可惜光不足，不然照一张相片回家，多么有意思！当时并不觉危险，事后越想越玄，几乎晚上都睡不着，回家躺了好几天。那同走的学生太不关心，在走以前，我买了一本指导书（本地文）教他先看，看明白了再走，他没看。到那晚上，回家，他才翻起来看，说：“指导书里也说在太阳未落山以前就得离开洞口，道上时常有野兽来往。”我听了，真是有气。印度人的不负责任，从这一点就可以看出来。还有一种爱占便宜的习惯，更令人看不惯。这宿舍，因为暑假，只住着四个人（连我算），那三个人，短什么东西，都到我屋里来借、来取，像我是他们的管家。胰子、牙膏、洋蜡、墨水、邮票、信封、信纸等等，凡日用所需，应备的都不自己去买，等我买回来，他们要现成。有时自己有，留着，先用别人的。有一天，出门，用旱伞，那个女学生的哥哥来说：“请把旱伞借我使使。”我说：“我的旱伞有一点破，不好使，你还是使你自己的罢。”因为我知道他有。他说：“我的也有点破，反正你是要修理的，多裂一点，并不多花钱。”从我手里硬夺过去。你说世上真有这样人！出门去玩，吃东西，坐车，若是用他们的钱，回家一个子也算得清清楚楚，若是用我的，就当我请了客！在这里住的，个个家里都是十几卄万家事的子弟，还是这样酸，其他可想。所以这几个月，住在此地，天天都有气，我又面软，不便说什么，又不愿意得罪他们，这使他们想着我比他们更有钱。

燕京的房子，是不是“四美轩”或“三松堂”后面的那座？没自来水，可以把现在的抽水机移出去，钱要燕京花，把那水机送燕京都可以，但要高水池和水管。海甸地低，用不着打多深，所以水柜可以放在房顶上。

《藏经》消息又沉了，我想还是找李镜池，分期交款办法本可以办，你主张（一次交款）不成，也许他们不要了，你可写信到上海。叫有骞先把书寄去，我到广州再同镜池交涉，或是你写信给镜池，应许他分期交款，看他怎回答。那书不卖，恐怕以后越难出去。日本金水跌得低，他们也许可以直接去订。

我定十五六离开此地，到孟买去定船。看这光景，是不能游历了。到现在钱还没来，教我真没办法。这次买船票先到香港广州再住几天，转回漳州，把几盆兰花带回来。我还要到南京去，找几个朋友。所以顶快也得七月中才能到家。

我身边只剩下三百卢比，若买三等票，也可以到香港。这两天就得定船位，下星期若钱还不来，真得定三等。日本船便宜，可不敢坐。欧洲船三等，不晓得怎样，还得打听。如有美国总统船，三等也可以。大概我会搭三等回家，我想我没来由借钱坐二等。

再谈吧。

地山　6月9日

正要发信，又接你五月十五的信，知道燕京许补一千。我想这便够了，不必再求什么人了。佛教会，有也好，没便罢，用人的钱又得为人做报告。汤芗铭先生可以去见见。××的话是靠不住的，他也是找朱子桥。

二十一

六妹子：

五月二十八的信收到了，我定于后天到孟买去，过几天再回普那见见甘地，然后到戈亚为七妹子和蕙君求福去。从戈亚再到麻德拉斯探探古黄支国的遗迹，有工夫再到南海普陀落迦山（真普陀山）去拜拜观音菩萨。从普陀山到那伽拔檀城搭船到槟榔屿，大概这个月的可以到槟榔，从那里渡海到苏门答拉拜先父（你的公公），和祖宗的墓，再回到槟榔屿候船回国。在槟榔屿有中国船往来厦门，仰光间，二等船不过一百元左右，所以为省钱起见不得不等。我会住在旧友陈少苏先生家里，若是船期不合适，也许住长一些，但最多不过两星期，不用花什么钱，时间是现成，住几天怕什么？七月中准在广州，住一两天，回厦门取东西，住两三天，有船便走，大概得七月底才能到家。七月中你可以寄信到香港陈作熙先生处转给我。我上船把行李放在他那里，进广州去一下。何椿年要我带些南洋果种，去交割清楚，马上上船。也许随着原船到厦门（中国船在香港多半停三天）。槟榔屿地址，可以不必给你，因为写信来不及。但万一有要紧事，要打电报，即将陈少苏先生转（地址略）。英文用厦门话拼音，南洋以福建话为国语。五妹回家有何贵干？恐怕我到平，蕙君已回青岛去，你留着她，等到我回来好不好？我也要到山东去一去。因为我这次的游记，用孔子做主角。我是跟孔子游历的人，书名大概就用《孔子西游记》。漂亮不漂亮？内容丰富，裕有兴趣，没眼睛的可以不用看。曲阜没到过，所以头一章还没动手。

我已打电给燕京，叫把款电汇来此，我就用这三十镑做路费了，别的财源恐怕要等到黄河清才能出现吧。

此信由陈作熙转飞递，想可早到。方才看报，日本副领事在南京失踪，恐怕又要出乱子。

地山　6月13日

二十二

六妹子：

因为燕京的钱来迟了，昨天开的船搭不上，又要等两个星期才有船，你看这耽误多少事！我定的是十六离开此地，十九在麻德拉斯上船（普那到麻德拉斯就像北京到上海那么远），到昨天才接银行的通知单，今天下午去取，无形中叫我损失两镑电费，还加上两星期的用费。到槟榔后，船期又不一定，也许还要等两个星期。中国船便宜，我不得不等，所以顶快得八月初才能到家，越想越有气。现在定二十四离开此地到戈亚去，十七八到麻德拉斯，七月三日下船，十二到槟榔屿，假如十五六有船，那就最好不过，不然，要等到二十几也不一定。那时候，恐怕路费又不够了，怎办？出外耽误一天，就会生出许多意外的麻烦。本来可以从孟买走，不过从那里走的都是大船，价钱贵得多。日本船不敢搭，不然，本月二十六有一只到上海去。

离开麻德拉斯不再打电了，打一次得花二十元左右。到槟榔屿给你寄飞机信，但在七月十三日左右准在槟榔，有信寄前信所给地址便可以。

地山　普那6月20日

二十三

六妹：

戈亚的信想已收到。到麻城已三日，船明天走，十三到槟城，住几天，再到日里去省墓，离槟城时当在本月底也。（谁教你不寄钱？）

在戈亚，买了些东西给七妹子和蕙君，在麻城买了些给文子和小苓的东西，花了二十多卢比，回家要同你算账。此地人心太坏，动不动就要赏钱，车夫随时随地都想介绍女人给你，他说："又省钱又美，先生也找一个罢！"可惜你没来，不然咱们可以多看些怪象。

昨天到古黄支国去，走了一天，到深夜才回来。今天下午青年会要我谈中国，义不容辞，就得卖力。还是普那那位咱们送他东西的 Paru lekar 先生好，临走时送我五十大卢比程仪，了不得的人情，若没有他送我的那笔钱，戈亚是去不了的。

再谈罢。多等几天，吾就到家了。

你的哥　7 月 2 日

二十四

六妹子：

在船上十天，十二到槟榔屿，二十左右有一只船（中国船）

到厦门去，所以得在此地候十几天。我打算下星期二（十七）到棉兰去看父亲的坟墓，十九回来搭船，一切都已办妥了。进荷兰属地要钱和人担保，钱是合中国钱二百元，人要殷商。我身上只剩一百元左右，朋友已为我想了法子。中国船我可以坐三等，到厦门不过七八十元，可是慢，比英法邮船要迟到一个星期，钱又省一百多，大概在二十七八船能到香港。你有话可以由陈家转。

仰光大学要我去当汉文教授，我暂时不发表意见，先回家看看情况再说。此地风景极佳，全岛十分之八是中国人，以福建人为多。我住的地方是中国人开的中学（钟灵中学），位于Macatisterst，许多国民党要人都在此住过，因为本来是间革命党的阅书报社。

中国情形，阅报可知一二。

即颂

时祉

地山　7月14日

二十五

六妹子：

昨天到棉兰，看看父亲的坟地，那地点虽然不错，可是坟做得太坏，连碑字都刻错了。老二当时在这里，我不晓得他监的是什么工。看报知道刘半农于前天逝世，他曾应许我要给我厌胜钱看，他收的也很多，恐怕他身后家里的人又卖出去。（原信缺）……

今天搭船去槟榔屿，明天有船开厦门，是一只中国船“丰庆”。我买的是统舱，大概十几块钱便可以从槟榔到厦门。若搭外国船，一定不能坐三等，二等最少也得二十五镑，你看差多远。不过此船很慢，比起外国船要迟到三四天，船又老，在海上常出险。除此以外，倒没什么。若是明天开船的话，二十一到得了新加坡，三十左右到香港，八月三日左右到厦门，到漳州取兰花，住三两天，有船到上海便走，大概十几才能到家，等着罢。（这是大熬人！）意大利船从新加坡五天可到上海，多快！

在苏门答拉棉兰爱同俱乐部

地山爷　7月18日

二十六

六妹：

今天到香港，接你催人回家的信。当然不敢在外久留，船明天开厦门，大后天（八月一日）可到。到厦门有船便走，大概芒沙力或芒沙丹尼走星期五，所以下下星期一（六七号）可到上海。如船到得早，便赶车直上北京。此行带了一个新加坡的华侨学生，姓林的，他哥哥的意思是要他住在咱们家里，他要考清华或燕京。我想你教作新想想法子，住辅仁也成。这林姓学生纨绔气很重，不过他哥哥是老二和我的老朋友，大义难辞，得为他想法子。海行十余天，有点疲，今天打算住客栈（香港大雨，弄得我像落水鸡。现在陈作熙先生处，他家没地方），别的朋友也不想找了，麻烦人家，有点过意不去。也许我到家时此信还没到呢，漫写而已。

老太爷到底是什么病，要紧不？等我回来，他也许好了。

专此敬颂

妆安

地山　7月27日

窥园先生诗传

华人移居台湾最早的，据日本所传，有秦始皇二十八年徐福率童男女移住夷州和亶州的事情。夷州是台湾，亶州是小吕宋。自秦以后，汉的东鳀、隋的琉球、掖玖、唐的流鬼、澎湖、元的琉求、澎湖、波罗公，都是指台湾而言；但历代移民的有无，则不得而知。唐元和间，施肩吾有咏澎湖的诗，为澎湖见于文艺的第一次。有人说施肩吾率领家人移住澎湖，确与不确，也无从证明。宋、元以来，闽粤人渡海移居台湾的渐多。明初，因为防御海盗和倭寇，曾令本岛居民悉移漳泉二州；但居留人数并未见得减少。当嘉靖四十二年，俞大猷追海盗入台湾以前，七鲲身、鹿耳门沿岸的华民已经聚成村落。这些从中国到台湾的移民，大概可以分为五种：一是海盗，二是渔产，三是贾客，四是规避重敛的平民，五是海盗或倭寇的俘虏。嘉靖中从广东揭阳移到赤嵌（台南）居住的许超，便是窥园先生的入台一世祖。这家的职业，因为旧家谱于清道光年间毁掉，新谱并未载明，故不得而知。从家庭的传说，知道一世祖是蒙塾的师傅。若依上头移民的种类看来，他或者是属于第四或第五种人。自荷兰人占据以后，名台湾为丽都岛（花摩娑）、称赤嵌为毗舍那（或作毗舍耶），建城筑堡，辟港刊林，政治规模略具，人民生活渐饶。许氏一家，自移殖以来到清嘉庆年间，宗族还未分居，并且各有职业。窥园先生的祖父永喜公是个秀才，因为兄弟们都从事生产，自己便教育几个学生，过他的书生生活。他前后三娶，生子八人。子侄们，除廷乐公业农、特斋公（讳廷璋）业儒以外，其余都是商人。道光中叶，许家兄弟共同经营了四间商店，是金珠、布匹、鞋帽和鸦片烟馆。不幸一夜的大火把那几间店子烧得精光，连家谱、地契都毁掉。家产荡尽，兄弟们才闹分居。特斋公因此分得西定坊武馆街烬余的鞋店为业。咸丰五年十月初五日，特斋公在那破屋里得窥园先生。因为那间房子既不宜居住，更不宜做学塾的用处，在先生六岁时候，特斋公便将武馆街旧居卖掉，另置南门里延平郡王祠边马公庙住宅，建学舍数楹。舍后空地数亩，任草木自然滋长，名为“窥园”；取董子“下帷讲诵，三年不窥园”的意思。特斋公自在宅中开馆授徒。不久便谢世，遗下窥园给他的四个儿子。

窥园先生讳南英，号蕴白或允白。窥园主人、留发头陀、龙马书生、毗舍耶客、春江冷宦，都是他的自号。自特斋公殁后，家计专仗少数田产；蓝太恭人善于调度，十数年来，诸子的学费都由她一人支持。先生排行第三；十九岁时，伯兄梓修公为台湾府吏、仲兄炳耀公在大穆降办盐务，以所入助家用。因为兄弟们都已成人，家用日绌，先生也想跟他二兄学卖盐去。谢宪章先生力劝他勉强继续求学，于是先生又跟谢先生受业。先生所往来的都是当时教大馆的塾师，学问因此大进。吴樵山先生也是在这几年间认识的。当时在台湾城教学的前辈对于先生的品格学问都很推许。二十四岁，先生被聘去教家塾：不久，自己又在“窥园”里设一个学塾，名为“闻樨学舍”。当时最常往来的亲友是吴樵山（子云）、陈卜五、王泳翔、施云舫（士洁）、丘仙根（逢甲）、汪杏泉（春源）、陈省三（望曾）、陈梧冈（日翔）诸先生。他的诗人生活也是从这个时候起。

自二十四到三十五岁，先生都以教学为业。光绪丙戌初到北京会试，因对策陈述国家危机所在，文章过于伤感，考官不敢录取。己丑再赴试，又因评论政治得失被放。隔年，中恩科会魁，授兵部车驾清吏司主事职。先生的志向本不在做官，只望成了名，可以在本乡服役。他对于台湾的风物知道很多，绅民对他也很有信仰，所以在十二月间他便回籍服役。

先生二十三岁时，遵吴樵山先生的遗嘱，聘他的第三女（讳慎），越三年，完婚。夫妇感情，直到命终，极其融洽。在三十三岁左右，偶然认识台南一个歌伎吴湘玉；由怜生爱，屡想为她脱籍。两年后，经过许多困难，至终商定纳她为妾。湘玉喜过度，不久便得病，她的母亲要等她痊愈才肯嫁她。在抑郁着急的心境中，使她病加剧，因而夭折。她死后，先生将遗骸葬在荔支宅。湘玉的母亲感激他的情谊，便将死者的婢女吴逊送给他。他并不爱恋那女子，只为湘玉的缘故收留她。本集里的情词多半是怀念湘玉的作品。

台湾于光绪十一年改设行省，以原台湾府为台南府，台湾县为安平县。自设省后，所有新政渐逐推行。先生对于新设施都潜心研究，每以为机器、矿务或其他实业都应自己学会了自己办，异族绝靠不住。自庚寅从北京回籍，台南绅官举他管理圣庙乐局事务。安平陈县令聘他做蓬壶书院山长，辞未就，因为他愿意帮助政府办理垦土化番的事业。他每深入番社，山里的番、汉人多认识他。甲午年春，唐巡抚聘他当台湾通志局协修，凡台南府属的沿革风物都由他汇纂。中日开战，省府改台南采访局为团练局，以先生充统领领两营兵。黄海之败，中枢当局以为自改设台湾行省以来五六年间，所有新政都要经费，不但未见利益，甚且要赔垫许多币金；加以台湾民众向有反清复明的倾向，不易统治：这或者也是决意割让的一个原因。那时人心惶惶，希望政府不放弃台湾，而一些土棍便想乘着官吏与地权交代的机会从中取利。有些唱“跟父也是吃饭，跟母也是吃饭”的论调，意思是归华归日都可以。因此，民主国的建设虽然酝酿着，而人心并未一致。住近番地的汉人与番人又乘机混合起来扰乱。台南附近有刘乌河的叛变。一重溪、菜寮、拔马、锡猴、木冈、南庄、半平桥、八张犁，诸社都不安静。先生领兵把匪徒荡平以后，分兵屯防诸社。

乙未三月，中日和约签定。依约第二条，台湾及澎湖群岛都割归日本。台湾绅民反对无效，因是积极筹建民主国，举唐巡抚为大伯理玺天德，以玄武旗（蓝地黄虎）为国旗。军民诸政先由刘永福、丘逢甲诸人担任，等议院开后再定国策。那时，先生任筹防局统领，仍然屯兵番社附近诸隘。日本既与我国交换约书于芝罘，遂任桦山资纪为台湾总督，会见我全权李经方于基隆港外，接收全岛及澎湖群岛。七月，基隆失守，唐大伯理玺天德乘德轮船逃厦门，日人遂入台北。当基隆告急时，先生率台南防兵北行；到阿里关，听见台北已失，乃赶回台南。

刘永福自己到安平港去布防，令先生守城。先生所领的兵本来不多，攻守都难操胜算。当时人心张皇，意见不一，故城终未关，任人逃避。先生也有意等城内人民避到乡间以后，再请兵固守。八月，嘉义失守，刘永福不愿死战，致书日军求和，且令台南解严；先生只得听命。和议未成，打狗、凤山相继陷，刘永福遂挟兵饷官帑数十万乘德船逃回中国。旧历九月初二，安平炮台被占。大局已去，丘逢甲也弃职，民主国在实际上已经消灭。城中绅商都不以死守为然，力劝先生解甲，因为兵饷被刘提走。先生便将私蓄现金尽数散给部下，几个弁目把他送出城外。九月初三日，日人入台南。本集里辛丑所作《无题》，便是记当日刘帅逃走和他不能守城的愤恨。又，乙未《寄台南诸友》也是表明他的心迹的作品。

民主国最后根据地台南被占领后，日人悬像遍索先生。乡人不得已，乃于九月初五日送先生到安平港，渔人用竹筏载他上船。窥园词中《忆旧》是叙这次的事。日人登船搜索了一遍，也没把他认出来。先生到厦门少住，便转向汕头，投宗人子荣、子明二位先生的乡里，距蛇浦不远的桃都。子荣先生劝先生归宗，可惜旧家谱不存，入台一世祖与揭阳宗祠的关系都不得而知，这事只得罢论。子荣昆季又劝先生到南洋去换换生活，先生的旅费都是他们赠与。他们又把先生全家从台湾接到桃都，安置在宗祠边的别庄里。从此以后，先生的子孙便住在大陆，其余都留在台湾。

先生在新加坡、曼谷诸地漫游，足够两年。囊金荡尽，迫着他上了宦途。但回到兵部当差既不可能，于是“自贬南交为末吏”去了。先生到北京投供吏部，自请开去兵部职务，降换广东即用知县，加同知衔。他愿意到广东，一因是祖籍，二因朋友多。又因漳州与潮州比邻，语言风俗多半相同，于是寄籍为龙溪县人。从北京南下，到桃都把家眷带到广州，住药王庙兴隆坊。丁酉戊戌两年中，帮广州周知府与番禺裴县令评阅府县试卷。己亥，委随潮州镇总兵黄金福行营到惠潮嘉一带办理清乡事务。庚子，广州陈知府委总校广州府试卷。不久，又委充佛山汾水税关总办。辛丑，由税关调省，充乡试阅卷官。试毕，委署徐闻县知县。这是他当地方官的第一遭。

徐闻在雷州半岛南端，民风淳朴。先生到任后，全县政事只用一位刑名师爷助理；其余会计钱粮诸事都是自己经理。每旬放告，轻的是偷鸡剪钮，重的也不过是争田赖债：杀人越货，罕有所闻。“讼庭春草茵层层，官长真如退院僧”，实在是当时光景。贵生书院山长杨先生退任，先生改书院为徐闻小学堂，选县中生员入学。邑绅见先生热心办学，乃公聘先生为掌教，每旬三、六、九日到堂讲经史二时。有清以来，县官兼书院掌教实是罕见。先生时到小学堂，与学生多有接触，因此对于县中人情风俗很能了解。先生每以“生于忧患，死于晏安”，警策学生。又说：“人当奋勉，寸晷不懈，如耽逸乐，则放僻邪侈，无所不为。到那时候，身心不但没用，并且遗害后世。”他又以为人生无论做大小事，当要有些建树，才对得起社会，“生无建树死嫌迟”，也是他常说的话。案头除案卷外，时常放一册白纸本子，如于书中见有可以警发深思德行的文句便抄录在上头，名为《补过录》，每年完二三百页。可惜三十年来浮家处处，此录丧失几尽，我身边只存一册而已。县衙早已破毁，前任县官假借考棚为公馆，先生又租东邻三官祠为儿辈书房。公余有暇，常到书房和徐层云先生谈话，有时也为儿辈讲国史。先生在徐闻约一年，全县绅民都爱戴他。

光绪二十九年广东乡试，先生被调入内帘。试毕，复委赴钦州查办重案。回省消差后，大吏以先生善治盗，因阳春、阳江连年闹匪，乃命他缓赴三水县本任，调署阳春县知县。到阳春视事仅六个月，对于匪盗剿抚兼施，功绩甚著，乃调任阳江军民同知兼办清乡事务。在阳江三年，与阳江游击柯壬贵会剿土匪，屡破贼巢。柯公以功授副将，加提督衔；先生受花翎四品顶戴的赏。阳江新政自光绪三十年由先生渐逐施行，最重要的是遣派东洋留学生以造专门人才，改濂溪书院为阳江师范传习所以养成各乡小学教员，创办地方巡警及习艺所。

光绪三十二年秋，改阳江为直隶州，领恩平、阳春二县。七月初五日，习艺所罪犯越狱，劫监仓羁所犯人同逃。那时，先生正下乡公干，何游击于初五早晨也离城往别处去。所长莫君人虽慈祥，却乏干才；平时对于所中犯人不但未加管束，并且任外人随时到所探望。所中犯人多半是礅犯，徒刑重者不过十五年，因此所长并没想到他们会反监。初五日下午，所中犯人突破狱门，登监视楼，夺守岗狱卒枪械，拥所长出门。游击衙门正在习艺所旁边，逃犯们便拥进去，夺取大堂的枪支和子弹。过监仓和羁所，复破狱门，迫守卒解放群囚。一时城中秩序大乱，经巡警和同知衙门亲兵力击，匪犯乃由东门逃去，弃置莫君于田间。这事情本应所长及游击负责，因为先生身兼清乡总办，不能常驻城中。照例同知离城，游击便当留守；而何游击竟于初五早离城，致乱事起时，没人负责援救。初六日，先生自乡间赶回，计逃去重犯数十名、轻罪徒犯一百多名。乃将详情申报上司，对于游击及所长渎职事并未声明。部议开去三水本任，撤职留缉。那时所中还有几十名不愿逃走的囚徒，先生由他们知道逃犯的计划和行径，不出三个月捕回过半。于是捐复翎顶，回省候委。十二月，委办顺德县清乡事务，随即委解京饷。丙午丁未两年间可以说是先生在宦途上最不得意的时候，他因此自号“春江冷宦”。从北京回广州，过香港，有人告诉他阳江越狱主犯利亚摩与同伴都在本岛当劳工，劝他请省府移文逮捕归案。先生说：“上天有好生之德，我所以追捕逃犯，是怕他们出去仍为盗贼害民。现在他们既然有了职业，当要给他们自新的机会，何必再去捕杀他们呢！况且我已为他们担了处分，不忍再借他们的脂血来坚固自己的职位。任他们自由罢。”

光绪三十三年五月，赴三水县任。三年之中，力除秕政。向例各房吏目都在各房办公，时间无定；甚至一件小案，也得迁延时日。先生乃于二堂旁边设县政办公室，每日集诸房吏在室内办公，自己也到室签押；舞弊的事顿减，人民都很愉快。县中巨绅，多有豢养世奴的陋习，先生严禁贩卖人口，且促他们解放群奴；因此与多数绅士不协，办事甚形棘手。县属巨姓械斗，闹出人命，先生秉公办理；两造争献贿赂，皆被严辞谢绝。他一生引为不负国家的两件事：一是除民害，一是不爱钱。《和耐公六十初度》便是他的自白之一。当时左右劝他受两造赂金，既可以求好巨绅，又可以用那笔款去买好缺或过班。贿赂公行是三十年来公开的事情，拜门、钻营、馈赠是官僚升职的唯一途径。先生却恨这些事情，不但不受贿，并且严办说项的人。他做了十几年官，未尝拜过谁的门，也未曾为求差求缺用过一文钱。对于出仕的看法，他并不从富贵着想；他尝说："一个人出仕，不做廊庙宰，当做州县宰。因为廊庙宰亲近朝廷，一国大政容我筹措；州县宰亲近人民，群众利害容我乘除。这两种才，是真能为国效劳的宰官。"他既为公事得罪几个巨绅，便想辞职；会授电白县，乃卸事回省。将就新任，而武昌革命军起，一月之间，闽粤响应。先生得漳州友人电召回漳，被举为革命政府民事局长。不久，南北共和，民事局撤销，先生乃退居海澄县属海沧墟，号所居为"借沧海居"。

住在海沧并非长策，因为先生全家所存现款只剩那用东西向汕头交通银行总办押借的五百元。从前在广州，凡有需要都到子荣先生令嗣梅坡先生行里去通融。在海沧却是举目无亲，他的困难实在难以言喻。陈梧冈先生自授秘鲁使臣后，未赴任，蛰居厦门，因清鼎革，想邀先生落发为僧，或于虎溪岩边筑室隐居。这两事都未成功，梧冈先生不久也谢世了。台湾亲友请先生且回故乡，先生遂带着叔午、叔未同行。台南南庄山林尚有一部分是先生的产业，亲友们劝他遣一两个儿子回台入日籍，领回那一大片土地。叔未本有日籍，因为他是庶出，先生不愿将这产业全交在他的手里，但在华诸子又没有一个不愿回乡入籍。先生于是放弃南庄山林，将所余分给留台族人，自己仍然回到厦门。在故乡时，日与诗社诸友联吟，住在亲戚吴筱霞先生园中。马公庙窥园前曾赁给日本某会社为宿舍，家人仍住前院；这时因为修筑大道，定须拆让。先生还乡，眼见他最爱的梅花被移、旧居被夷为平地、窥园一部分让与他人，那又何等伤心呢！

“借沧海居”地近市集，不宜居住，家人仍移居龙溪县属石美黄氏别庄。先生自台南回国后，境遇越苦；恰巧同年旧友张元奇先生为福建民政长，招先生到福州。张先生意思要任他为西路观察使，他辞不胜任，请任为龙溪县知事。这仍是他“不做廊庙宰，当做州县宰”的本旨。他对民国前途很有希望，但不以武力革命为然。这次正式为民国官吏，本想长做下去；无奈官范、民风越来越坏，豪绅劣民动藉共和名义，牵制地方行政。就任不久，因为禁止私斗和勒拔烟苗事情为当地豪劣所忌，捏词上控先生侵吞公款；先生因请卸职查办。省府查不确，诸豪劣畏罪，来求先生免予追究；先生于谈笑中表示他的大度。从此以后，先生便决计不再从政了。

卸任后，两袖清风，退居漳州东门外管厝巷。诸子中，有些学业还未完成，有些虽能自给，但也不很丰裕。民国四年，林叔臧先生组织诗社，聘先生为社友，月给津贴若干；以此，先生个人生活稍裕，但家境困难仍未减少。故友中有劝他入京投故旧谋差遣的，有劝他回广东去的。当时广东省长某为先生任阳春知县时所招抚的一人。柯参对幕客彭华绚先生在省公署已得要职，函召先生到广州，说省长必能以高位报他。先生对家人说：“我最恨食人之报，何况他从前曾在我部属，今日反去向他讨啖饭地，岂不更可耻吗？”至终不去。

民国五年移居大岸顶。四月，因厦门日本领事的邀请，回台参与“台湾劝业共进会”，复与旧友周旋数月。因游关岭，轻便车出轨，先生受微伤，在台南休养。那时，苏门答拉棉兰缄华侨市长张鸿南先生要聘人给他编辑《服官三十五年事略》，林叔臧先生荐先生到那里去；先生遂于重阳日南航。这样工作预定两年，而报酬若干并未说明。先生每月应支若干既不便动问，又因只身远行，时念乡里，以此居恒郁郁，每以诗酒自遣。加以三儿学费、次女嫁资都要筹措，一年之间，精神大为沮丧，扶病急将《张君事略》编就，希望能够带些酬金回国。不料欧战正酣，南海航信无定，间或两月一期。先生候船久，且无所事，越纵饮；因啖水果过多，得痢疾。民国六年旧历十一月十一日丑时卒于寓所，寿六十三岁。林健人先生及棉兰友人于市外买地数弓，把先生遗骸安葬在那里。

先生生平以梅自况，酷爱梅花，且能为它写照。在他的题画诗中，题自画梅花的诗占五分之三。对人对己，并不装道学模样。在台湾时发起“崇正社”，以“崇尚正义”为主旨；时时会集于竹溪寺，现在还有许多社友。他的情感真挚，从无虚饰。在本集里，到处可以看出他的深情。生平景仰苏、黄，且用“山谷”二字字他的诸子。他对于新学追求甚力，凡当时报章杂志，都用心去读；凡关于政治和世界大势的论文，先生尤有体会的能力。他不怕请教别人，对于外国文字有时问到儿辈。他的诗中用了很多当时的新名词，并且时时流露他对于国家前途的忧虑，足以知道他是个富于时代意识的诗人。

这《留草》是从先生的未定本中编录出来。割台以前的诗词多半散失，现存的都是由先生的记忆重写出来，因而写诗的时间不能断定。本书的次序，是比较诗的内容和原稿的先后编成的。还有原稿删掉而编者以为可以存的也重行抄入；原稿残缺或文句不完的，便不录入。原稿更改或拟改的字句，便用其中编者以为最好的。但删补总计不出十首，仍不失原稿的真面目。在这《留草》里，先生历年所作以壬子年为最多，其次为丙辰年。所作最多为七律，计四百七十五首；其次，七绝三百三十五首，五律一百三十二首，五绝三十八首，五古三十五首，七古二十三首，其他二首，总计一千零三十九首。在《留草》后面附上《窥园词》一卷，计五十九阕。词道，先生自以为非所长，所以存的少。现在所存的词都是先生在民国元年以后从旧日记或草稿中选录的，所以也没有次序：次序也是编者定的。

自先生殁后，亲友们便敦促刊行他的诗草。民国九年我回漳州省母，将原稿带上北京来。因为当时所入不丰，不能付印，只抄了一份，将原稿存在三兄敦谷处。民国十五年秋，革命军北伐武昌，飞机弹毁敦谷住所，家中一切皆被破坏；事后于瓦砾场中搜出原稿完整如故，我们都非常喜欢。敦谷于十五年冬到上海，在那里将这全份稿本交给我。这几年来每想精刊全书，可惜限于财力，未能如愿。近因北京濒陷于危，怕原稿化成劫灰；不得已，草率印了五百部。出版的时候，距先生殁已十六年；想起来，真对不起他。这部《留草》的刊行，承柯政和先生许多方面的帮助，应当在这里道谢。

作传，在原则上为编者所不主张。但上头的传只为使读者了解诗中的本事与作者的心境而作，并非褒扬先人的行述或哀启。所以前头没有很恭敬的称呼，也没请人“顿首填讳”，后头也不加“泣血稽颡谨述”。至于传中所未举出的，即与诗草内容没有什么关系或诗注中已经详说的事情，读者可以参看先生的《自定年谱》。年谱中的《台湾大事》与《记事》中的存诗统计，也是编者加入的。

蔡孑民先生的著述

认识蔡先生的人们都知道他的学问渊博，人格健全，但总没机会看见一部蔡先生自订的“文存”或“学术论著”之类。

蔡先生到底没写过什么伟大与不朽的论文，可是这个不能说他没有学问。学问在学者身上每显出两种功用：第一是知其所学，终生用它来应世接物；第二是明其所知，努力把它传递给后人。越是有学问的人越能应用他所学的到自己身上。“读圣贤书，所学何事?”正是学者对于学问的第一种功用所发的反问。一个谨于修身、勤于诲人、忠于事国的学者，倒不必有什么可以藏诸名山的著作，更没工夫去做那一般士大夫认为隽美的短钉文章。他的人格，便是他的著作；他的教诲，便是他的著作。试看见蔡先生长北京大学以后，在他指导之下，近二十年来，全国有多少在各门各类中见地超越与知识深邃的学者与那最高学府没有关系？蔡先生为他的友生们设计，给他们各人有阐明所学与深究所知的机会，这功绩当比自己在各种学问上做些铅椠佣所做的肤浅的文字较为伟大。

蔡先生参加革命运动的时候，个人生活，在经济方面，是非常困难的。那时候，他一面办报，一面译书。因为要避免当时执政者的注意，他曾用“蔡振”的名字宋做笔名。译书也不过为糊口计，不尽是传播学问。不过他没有做那比较容易销售的翻译欧美名家小说的事业。他早已认定最高的学问在哲学，知识的强敌是迷信，感情与意志所寄托的在美，于是从事于哲学教科书的编译。《哲学大纲》是取材于德国厉希脱尔的哲学导言、泡尔生与冯德二氏的《哲学入门》和其他参考书编成的。《哲学纲要》是取材于德国文得而班的《哲学入门》编成的。泡尔生《伦理学原理》是据日本蟹江义丸的译本转译的。他又译了日本井上圆了的《妖怪学讲义》，但只有第一卷，其他五卷可惜未译出来。这是一部破除迷信的大著，希望以后有人费些工夫继续译成它。在著作方面可以提出的是《石头记索隐》、《教授法原理》、《中国伦理学史》、《美育实施的办法》及《华工学校讲义》。他的译著多数在商务印书馆出版，因为他的笔墨生涯很早就寄托在那印书馆的编译所里。此外零篇文字，除在新潮社编的《蔡孑民先生言行录》收集以外，二十年来所写的还没有集成，但我们在那本二十年前的辑录已经可以看出蔡先生的思想的轮廓。

这里要特别提出来的是附在《言行录》里的《华工学校讲义》。那是为留法的华工写的。那书的内容是《德育讲义》三十篇、《智育讲义》十篇，我们把书中各篇细读一遍，就觉得作者早已理会灌输德育、智育等知识给那没多少机会受完全教育的劳力同胞是救护民族的重要工作。士大夫对于学问所缺的不在知而在行；农工们所急需的只在知，没有智识就容易瞎作胡为，假使能够给他们充分的知识，国家民族的进步当然会加倍地快。我们常感觉得长篇大论，对于劳动的群众是不相宜的。他们不但不能用专心去读一本上万字的书，并且也没工夫去念，所以需要一种几分钟可以读完的简明的小册子。在《华工学校讲义》里，蔡先生所选的题材都非常切用，如合众、合己为群、公众卫生、爱护公物、尽力于公益、勿畏强而侮弱、戒失信、戒狎侮、理信与迷信、自由与放纵、热心与野心、互相与依赖、爱情与淫欲、有恒与保守等都是做成健全公民所需知道的。这书好像没有编完，因为关于智育的只有十篇，而且很不完全。

蔡先生是提倡以美育代宗教的。这是他对于信仰的态度。从他的言论看来，他是主张理信的，他信人间当有永久的和平与真正的康乐。要达到这目的，不能全靠知，还要依赖对于真理的信仰。能知能行，不必有什么高尚的理想，要信其所知的真理与原则，必能引人类达到至善诚心尽力地去实现它，才是真正实行。所以知与行还不难，信理才是最难的事。蔡先生是个高超的理想家，同时又是个坦白的实践家，他的学问只这一点，便可以使景仰他的人们，终生应用。世间没有比这样更伟大、更恒久的学问。

读《芝兰与茉莉》因而想及我的祖母

正要到哥伦比亚的检讨室里校阅梵籍，和死和尚争虚实，经过我的邮筒，明知每次都是空开的，还要带着希望姑且开来看看。这次可得着一卷东西，知道不是一分钟可以念完的，遂插在口袋里，带到检讨室去。

我正研究唐代佛教在西域衰灭的原因，翻起史太因在和阗所得的唐代文契，一读马令痣同母党二娘向护国寺僧虎英借钱的私契，妇人许十四典首饰契，失名人的典婢契等等，虽很有趣，但掩卷一想，恨当时的和尚只会营利，不顾转法轮，无怪回纥一人，便尔扫灭无余。

为释迦文担忧，本是大愚：会不知成、住、坏、空，是一切法性？不看了，掏出口袋里的邮件，看看是什么吧。

《芝兰与茉莉》

这名字很香呀！我把纸笔都放在一边，一气地读了半天工夫——从头至尾，一句一字细细地读。这自然比看唐代死和尚的文契有趣。读后的余韵，常绕缭于我心中，像这样的文艺很合我情绪的胃口似的。

读中国的文艺和读中国的绘画一样。试拿山水——西洋画家叫做“风景画”——来做个例：我们打稿（Composition）是鸟瞰的、纵的，所以从近处的溪桥，而山前的村落，而山后的帆影，而远地的云山：西洋风景画是水平的、横的，除水平线上下左右之外，理会不出幽深的、绵远的兴致。所以中国画宜于纵的长方，西洋画宜于横的长方。文艺也是如此：西洋人的取材多以“我”和“我的女人或男子”为主，故属于横的，夫妇的；中华人的取材多以“我”和“我的父母或子女”为主，故属于纵的、亲子的。描写亲子之爱应当是中华人的特长，看近来的作品，究其文心，都含这唯一义谛。

爱亲的特性是中国文化的细胞核，除了它，我们早就要断发短服了！我们将这种特性来和西洋的对比起来，可以说中华民族是爱父母的民族，那边欧西是爱夫妇的民族。因为是“爱父母的”，故叙事直贯，有始有终，原原本本，自自然然地说下来。这“说来话长”的特性——很和拔丝山药一样的甜热而黏——可以在一切作品里找出来。无论写什么，总有从盘古以来说到而今的倾向。写孙悟空总得从猴子成精说起；写贾宝玉总得从顽石变灵说起：这写生生因果的好尚是中华文学的文心，是纵的，是亲子的，所以最易抽出我们的情绪。

八岁时，读《诗经·凯风》和《陟岵》，不晓得怎样，眼泪没得我的同意就流下来？九岁读《檀弓》到“今丘也，东西南北之人也”一段，伏案大哭。先生问我：“今天的书并没给你多上，也没生字，为何委屈？”我说：“我并不是委屈，我只伤心这‘东西南北’四字。”第二天，接着念“晋献公将杀其世子申生”一段，到“天下岂有无父之国哉？”又哭。直到于今，这“东西南北”四个字还能使我一念便伤怀。我常反省这事，要求其使我哭泣的缘故。不错，爱父母的民族的理想生活便是在这里生、在这里长、在这里聚族、在这里埋葬，东西南北地跑当然是一种可悲的事了。因为离家、离父母、离国是可悲的，所以能和父母、乡党过活的人是可羡的。无论什么也都以这事为准绳：做文章为这一件大事做，讲爱情为这一件大事讲，我才理会我的“上坟瘾”不是我自己所特有，是我所属的民族自盘古以来遗传给我的。你如自己念一念“可爱的家乡啊！我睡眼朦胧里，不由得不乐意接受你欢迎的诚意。”和“明儿……你真要离开我了吗?”应作如何感想?

爱夫妇的民族正和我们相反。夫妇本是人为，不是一生下来就铸定了彼此的关系。相逢尽可以不相识，只要各人带着，或有了各人的男女欲，就可以。你到什么地方，这欲跟到什么地方，他可以在一切空间显其功用，所以在文心上无须溯其本源，究其终局，干干脆脆，Just a word，也可以自成段落。爱夫妇的心境本含有一种舒展性和侵略性，所以乐得东西南北，到处地跑。夫妇关系可以随地随时发生，又可以强侵软夺，在文心上当有一种“霸道”、“喜新”、“乐得”、“为我自己享受”的倾向。

总而言之，爱父母的民族的心地是“生”；爱夫妇的民族的心地是“取”。生是相续的，取是广延的。我们不是爱夫妇的民族，故描写夫妇，并不为夫妇而描写夫妇，是为父母而描写夫妇。我很少见——当然是我少见——中国文人描写夫妇时不带着“父母的”的色彩；很少见单独描写夫妇而描写得很自然的。

这并不是我们不愿描写，是我们不惯描写广延性的文字的缘故。从对面看，纵然我们描写了，人也理会不出来。

《芝兰与茉莉》开宗第一句便是“祖母真爱我!”这已把我的心牵引住了，“祖母爱我”，当然不是爱夫妇的民族所能深味，但它能感我和《檀弓》差不了多少。“垂老的祖母，等得小孩子奉甘旨么?”子女生活是为父母的将来，父母的生活也是为着子女，这永远解不开的结，结在我们各人心中。触机便发表于文字上。谁没有祖父母、父母呢?他们的折磨、担心，都是像夫妇一样有个我性的么?丈夫可以对妻子说：“我爱你，故我要和你同住”；或“我不爱你，你离开我罢”。妻子也可以说：“人尽可夫，何必你?”但子女对于父母总不能有这样的天性。所以做父母的自然要为子女担忧受苦，做子女的也为父母之所爱而爱，为父母而爱为第一件事。爱既不为我专有，“事之不能尽如人意”便为此说出来了。从爱父母的民族眼中看夫妇的爱是为三件事而起，一是继续这生生的线，二是往溯先人的旧典，三是承纳长幼的情谊。

说起书中人的祖母，又想起我的祖母来了。“事之不能尽如人意者，夫复何言!”我的祖母也有这相同的境遇呀!我的祖母，不说我没见过，连我父亲也不曾见过，因为她在我父亲未生以前就去世了。这岂不是很奇怪的么?不如意的事多着呢!爱祖母的明官，你也愿意听听我说我祖母的失意事么?

八十年前，台湾府——现在的台南——城里武馆街有一家，八个兄弟同一个老父亲同住着，除了第六、七、八的弟弟还没娶以外，前头五个都成家了。兄弟们有做武官的，有做小乡绅的，有做买卖的。那位老四，又不做武官又不做绅士，更不会做买卖。他只喜欢念书，自己在城南立了一所小书塾名叫窥园，在那里一面读，一面教几个小学生。他的清闲，是他兄弟们所羡慕，所嫉妒的。

这八兄弟早就没有母亲了。老父亲很老，管家的女人虽然是妯娌们轮流着当，可是实在的权柄是在一位大姑手里。这位大姑早年守寡，家里没有什么人，所以常住在外家。因为许多弟弟是她帮忙抱大的，所以她对于弟弟们很具足母亲的威仪。

那年夏天，老父亲去世了。大姑当然是“阃内之长”要督责一切应办事宜的。早晚供灵的事体，照规矩是媳妇们轮着办的。那天早晨该轮到四弟妇上供了。四弟妇和四弟是不上三年的夫妇，同是二十多岁，情爱之浓是不消说的。

大姑在厅上嚷：“索官，今早该你上供了。怎么这时候还不出来？”

居丧不用粉饰面，把头发理好，也毋须盘得整齐，所以晨妆很省事。她坐在妆台前，嚼槟榔，还吸一管旱烟。这是台湾女人们最普遍的嗜好。有些女人喜欢学士人把牙齿染黑了，她们以为牙齿白得像狗的一样不好看，将槟梅和着荖叶、熟灰嚼，日子一久，就可以使很白的牙齿变为漆黑。但有些女人是喜欢白牙的，她们也嚼槟榔，不过把灰减去就可以。她起床，漱口后第一件事是嚼槟榔，为的是使牙齿白而坚固。外面大姑的叫唤，她都听不见，只是嚼着，还吸着烟在那里出神。

四弟也在房里，听见姊姊叫着妻子，便对她说：“快出去吧。姊姊要生气了。”

“等我嚼完这口槟榔，吸完这口烟才出去。时候还早咧。”

“怎么你不听姊姊的话？”

“为什么要听你姊姊的话？你为什么不听我的话？”

“姊姊就像母亲一样。丈夫为什么要听妻子的话？”

“‘人未娶妻是母亲养的，娶了妻就是妻子养的。’你不听妻子的话，妻子可要打你，好像打小孩子一样。”

“不要脸，哪里来得这么大的孩子！我试先打你一下，看你打得过我不。”老四带着嘻笑的样子，拿着拓扇向妻子的头上要打下去。妻子放下烟管，一手抢了扇子，向着丈夫的额头轻打了一下，“这是谁打谁了！”

夫妇们在殡前是要在孝堂前后的地上睡的，好容易到早晨同进屋里略略梳洗一下，借这时间谈谈。他对于享尽天年的老父亲的悲哀，自然盖不过对于婚媾不久的夫妇的欢愉。所以，外头虽然尽其孝思；里面的“琴瑟”还是一样地和鸣。中国的天地好像不许夫妇们在丧期里有谈笑的权利似的。他们在闹玩时，门帘被风一吹，可巧被姊姊看见了。姊姊见她还没出来，正要来叫她，从布帘飞处看见四弟妇拿着拓扇打四弟，那无明火早就高起了一万八千丈。

“哪里来的泼妇，敢打她的丈夫！”姊姊生气嚷着。

老四慌起来了。他挨着门框向姊姊说：“我们闹玩，没有什么事。”

“这是闹玩的时候么？怎么这样懦弱，教女人打了你，还替她说话？我非问她外家，看看这是什么家教不可。”

他退回屋里，向妻子伸伸舌头，妻子也伸着舌头回答他。

但外面越呵责越厉害了。越呵责，四弟妇越不好意思出去上供，越不敢出去越要挨骂，妻子哭了。他在旁边站着，劝也不是，慰也不是。

她有一个随嫁的丫头，听得姑太越骂越有劲，心里非常害怕。十三四岁的女孩，哪里会想事情的关系如何？她私自开了后门，一直跑回外家，气喘喘地说："不好了！我们姑娘被他家姑太骂得很厉害，说要赶她回来咧！"

亲家爷是个商人，头脑也很率直，一听就有了气，说："怎样说得这样容易——要就取去，不要就扛回来？谁家养女儿是要受别人的女儿欺负的？"他是个杂货行主，手下有许多工人，一号召，都来聚在他面前。他又不打听到底是怎么一回事，对着工人们一气地说："我家姑娘受人欺负了。你们替我到许家去出出气。"工人一轰，就到了那有丧事的亲家门前，大兴问罪之师。

里面的人个个面对面呈出惊惶的状态。老四和妻子也相对无言，不晓得要怎办才好。外面的人们来得非常横逆，经兄弟们许多解释然后回去。姊姊更气得凶，跑到屋里，指着四弟妇大骂特骂起来。

"你这泼妇，怎么这一点点事情，也值得教外家的人来干涉？你敢是依仗你家里多养了几个粗人，就来欺负我们不成？难道你不晓得我们诗礼之家在丧期里要守制的么？你不孝的贱人，难道丈夫叫你出来上供是不对的，你就敢用扇头打他？你已犯七出之条了，还敢起外家来闹？好，要吃官司，你们可以一同上堂去，请官评评。弟弟是我抱大的，我总可以做报告。"

妻子才理会丫头不在身边。但事情已是闹大了，自己不好再辩，因为她知道大姑的脾气，越辩越惹气。

第二天早晨，姊姊召集弟弟们在灵前，对他们说："像这样的媳妇还要得么？我想待一会，就扛她回去。"这大题目一出来，几个弟弟都没有话说，最苦的就是四弟了。他知道"扛回去"就是犯"七出之条"时"先斩后奏"的办法，就颤声地向姊姊求情，姊姊鄙夷地说："没志气的懦夫，还敢要这样的妇人么？她昨日所说的话我都听见了。女子多着呢，日后我再给你挑个好的。我们已预备和她家打官司，看看是礼教有势，还是她家工人的力量大。"

当事的四弟那时实在是成了懦夫了！他一点勇气也没有，因为这"不守制"、"不敬夫"的罪名太大了，他自己一时也找不出什么话来证明妻子的无罪，有赦免的余地。他跑进房里，妻子哭得眼都肿了。他也哭着向妻子说："都是你不好！"

"是……是……我我……我不好，我对对……不起你！"妻子抽噎着说。丈夫也没有什么话可安慰她，只挨着她坐下，用手抚着她的脖项。

果然姊姊命人雇了一顶轿子，跑进房里，硬把她扶出来，把她头上的白麻硬换上一缕红丝，送她上轿去了。这意思就是说她此后就不是许家的人，可以不必穿孝。

"我有什么感想呢？我该有怎样的感想呢？懦夫呵！你不配觍颜在人世，就这样算了么？自私的我，却因为不贯彻无勇气而陷到这种地步，夫复何言！"当时他心里也未必没有这样的语言。他为什么懦弱到这步田地？要知道他原不是生在为夫妇的爱而生活的地方呀！

王亲家看见平地里把女儿扛回来，气得在堂上发抖。女儿也不能说什么，只跪在父亲面前大哭。老亲家口口声声说要打官司，女儿直劝无须如此，是她的命该受这样折磨的，若动官司只能使她和丈夫吃亏，而且把两家的仇恨结得越深。

老四在守制期内是不能出来的。他整天守着灵想妻子。姊姊知道他的心事，多方地劝慰他。姊姊并不是深恨四弟妇，不过她很固执，以为一事不对就事事不对，一时不对就永远不对。她看“礼”比夫妇的爱要紧。礼是古圣人定下来，历代的圣贤亲自奉行的。妇人呢？这个不好，可以挑那个。所以夫妇的配合只要有德有貌，像那不德、无礼的妇人，尽可以不要。

出殡后，四弟仍到他的书塾去。从前，他每夜都要回武馆街去的。自妻去后，就常住在窥园。他觉得一到妻子房里冷清清的，一点意思也没有，不如在书房伴着书眠还可以忘其愁苦。唉，情爱被压的人都是要伴书眠的呀！

天色晚，学也散了。他独在园里一棵芒果树下坐着发闷。妻子的随嫁丫头蓝从园门直走进来，他虽熟视着，可像不理会一样。等到丫头叫了他一声“姑爷”，他才把着她的手臂，如见了妻子一般。他说：“你怎么敢来？……姑娘好么？”

“姑娘命我来请你去一趟。她这两天不舒服，躺在床上哪，她吩咐掌灯后才去，恐怕人家看见你，要笑话你。”

她说完，东张西望，也像怕人看见她来，不一会就走了。那几点钟的黄昏偏又延长了，他好容易等到掌灯时分！他到妻子家里，丫头一直就把他带到楼上，也不敢教老亲家知道。妻子的面比前几个月消瘦了，他说：“我的……”他说不下去了，只改过来说：“你怎么瘦得这个样子！”

妻子躺在床上也没起来，看见他还站着出神，就说：“为什么不坐，难道你立刻要走么？”她把丈夫揪近床沿坐下，眼对眼地看着。丈夫也想不出什么话来说，想分离后第一次相见的话是很难起首的。

“你是什么病？”

“前两天小产了一个男孩子！”

丈夫听这话，直像喝了麻醉药一般。

“反正是我的罪过大，不配有福分，连从你得来的孩子也不许我有了。”

“人不要紧的，日后我们还可以有五六个。你要保养保养才是。”

妻子笑中带着很悲哀的神采说：“痴男子，既休的妻还能有生子女的荣耀么？”说时，丫头递了一盏龙眼干甜茶来。这是台湾人待生客和新年用的礼茶。

“怎么给我这茶喝，我们还讲礼么？”

“你以后再娶，总要和我生疏的。”

“我并没休你。我们的婚书，我还留着呢。我，无论如何，总要想法子请你回去的，除了你，我还有谁？”

丫头在旁边插嘴说：“等姑娘好了，立刻就请她回去吧。”

他对着丫头说：“说得很快，你总不晓得姑太和你家主人都是非常固执，非常喜欢赌气，很难使人进退的。这都是你弄出来的。事已如此，夫复何言！”

小丫头原是不懂事，事后才理会她跑回来报信的关系重大。她一听“这都是你弄出来的”，不由得站在一边哭起来。妻子哭，丈夫也哭。

一个男子的心志必得听那寡后回家当姑太的姊姊使令么？当时他若硬把妻子留住，姊姊也没奈他何，最多不过用“礼教的棒”来打他而已。但“礼教之棒”又真可以打破人的命运么？那时候，他并不是没有反抗礼教的勇气，是他还没得着反抗礼教的启示。他心底深密处也会象吴明远那样说：“该死该死！我既爱妹妹，而不知护妹妹；我既爱我自己，而不知为我自己着想。我负了妹妹，我误了自己！事原来可以如人意，而我使之不能：我之罪恶岂能磨灭于万一，然而赴汤蹈火，又何足偿过失于万一呢？你还敢说：‘事已如此，夫复何言’么？”

四弟私会出妻的事，教姊姊知道，大加申斥，况他没志气。不过这样的言语和爱情没有关系。男女相待遇本如大人和小孩一样。若是男子爱他的女人，他对于她的态度、语言、动作，都有父亲对女儿的倾向；反过来说，女人对于她所爱的男子也具足母亲对儿子的倾向。若两方都是爱者，他们同时就是被爱者，那是说他们都自视为小孩子，故彼此间能吐露出真性情来。小孩们很愿替他们的好朋友担忧、受苦、用力；有情的男女也是如此。所以姊姊的申斥不能隔断他们的私会。

妻子自回外家后，很悔她不该贪嚼一口槟榔，贪吸一管旱烟，致误了灵前的大事。此后，槟榔不再入她的口，烟也不吸了。她要为自己的罪过忏悔，就吃起长斋来。就是她亲爱的丈夫有时来到，很难得的相见时，也不使他挨近一步，恐怕玷了她的清心。她只以念经绣佛为她此生唯一的本分，夫妇的爱不由得不压在心意的崖石底下。

十几年中，他只是希望他岳丈和他姊姊的意思可以换回于万一。自己的事要仰望人家，本是很可怜的。亲家们一个是执拗，一个是赌气，因之光天化日的时候难以再得。

那晚上，他正陪姊姊在厅上坐着，王家的人来叫他。姊姊不许说："四弟，不许你去。"

"姊姊，容我去看她一下吧。听说她这两天病得很厉害，人来叫我，当然是很要紧的，我得去看看。"

"反正你一天不另娶，是一天忘不了那泼妇的。城外那门亲给你讲了好几年，你总是不介意。她比那不知礼的妇人好得多——又美、又有德"。

这一次，他觉得姊姊的命令也可以反抗了。他不听这一套，径自跑进屋里，把长褂子一披，匆匆地出门。姊姊虽然不高兴，也没法揪他回来。

到妻子家，上楼去。她躺在床上，眼睛半闭着，病状已很凶恶。他哭不出来，走近前，摇了她一下。

"我的夫婿，你来了！好容易盼得你来！我是不久的人了，你总要为你自己的事情打算，不要像这十几年，空守着我，于你也没有益处。我不孝已够了，还能使你再犯不孝之条么？——'不孝有三，无后为大'。"

"孝不孝是我的事，娶不娶也是我的事。除了你，我还有谁？"

这时丫头也站在床沿。她已二十多岁，长得越妩媚、越懂事了。她的反省，常使她起一种不可言喻的伤心，使她觉得她永远对不起面前这位垂死的姑娘和旁边那位姑爷。

垂死的妻子说："好罢，我们的恩义是生生世世的。你看她。"她撮嘴指着丫头，用力往下说，"她长大了。事情既是她弄出来的，她得替我偿还。"她对着丫头说，"你愿意么？"丫头红了脸，不晓得要怎样回答。她又对丈夫说："我死后，她就是我了。你如记念我们旧时的恩义，就请带她回去，将来好替我……"

她把丈夫的手拉去，使他揸住丫头的手，随况："唉，子女是要紧的，她将来若能替我为你养几个子女，我就把她从前的过失都宽恕了。"

妻子死后好几个月，他总不敢向姊姊提起要那丫头回来。他实在得很懦弱的，不晓怎样怕姊姊会怕到这地步！

离王亲家不远住着一位老妗婆。她虽没为这事担心，但她对于事情的原委是很明了的。正要出门，在路上遇见丫头，穿起一身素服，手挽着一竹篮东西，她问："蓝，你要到哪里去？"

"我正要上我们姑娘的坟去。今天是她的百日。"

老岭婆一手扶着杖，一手捏着丫头的嘴巴，说："你长得这么大了，还不回武馆街去么？"丫头低下头，没回答她。她又问："许家没意思要你回去么？"

从前的风俗对于随嫁的丫头多是预备给姑爷收起来做二房的，所以妗婆问得很自然。丫头听见"回去"两字，本就不好意思，她双眼望着地上，摇摇头，静默地走了。

妗婆本不是要到武馆街去的，自遇见丫头以后，就想她是个长辈之一，总得赞成这事。她一直来投她的甥女，也叫四外甥来告诉他应当办的事体。姊姊被妗母一说，觉得再没有可固执的了，说："好吧，明后天预备一顶轿子去扛她回来就是。"

四弟说："说得那么容易？要总得照着娶继室的礼节办，她的神主还得请回来。"

姊姊说："笑话，她已经和她的姑娘一同行过礼了，还行什么礼？神主也不能同日请回来的。"

老妗母说："扛回来时，请请客，当做一桩正事办也是应该的。"

他们商量好了，兄弟也都赞成这样办。"这种事情，老人家最喜欢不过"，老妗母在办事的时候当然是一早就过来了。

这位再回来的丫头就是我的祖母了。所以我有两个祖母，一个是生身祖母，一个是常住在外家的"吃斋祖母"这名字是母亲给我们讲祖母的故事时所用的题目。又"丫头"，这两个字是我家的"圣讳"，平常是不许说的。

我又讲回来了。这种父母的爱的经验，是我们最能理会的。人人经验中都有多少"祖母的心"、"母亲"、"祖父"、"爱儿"等等事迹，偶一感触便如悬崖泻水，从盘古以来直说到于今。我们的头脑是历史的，所以善用这种才能来描写一切的事故。又因这爱父母的特性，故在作品中，任你说到什么程度，这一点总抹杀不掉。我爱读《芝兰与茉莉》，因为它是原原本本地说，用我们经验中极普遍的事实触动我。我想凡是有祖母的人，一读这书，至少也会起一种回想的。

书看完了，回想也写完了，上课的钟直催着。现在的事好像比往事要紧，故要用工夫来想一想祖母的经历也不能了！大概她以后的境遇也和书里的祖母有一两点相同吧。

上景山

无论哪一季，登景山，最合宜的时间是在清早或下午三点以后。晴天，眼界可以望朦胧处；雨天，可以欣赏雨脚的长度和电光的迅射；雪天，可以令人咀嚼着无色界的滋味。

在万春亭上坐着，定神看北上门后的马路（从前路在门前，如今路在门后），尽是行人和车马，路边的梓树都已掉了叶子。不错，已经立冬了，今年天气可有点怪，到现在还没冻冰。多谢芰荷的业主把残茎都去掉，教我们能看见紫禁城外护城河的水光还在闪烁着。

神武门上是关闭得严严地。最讨厌是楼前那枝很长的旗杆，侮辱了全个建筑的庄严。门楼两旁树它一对，不成吗？禁城上时时有人在走着，恐怕都是外国的旅人。

皇宫一所一所排列着非常整齐。怎么一个那么不讲纪律的民族，会建筑这么严肃的宫廷？我对着一片黄瓦这样想着。不，说不讲纪律未免有点过火，我们可以说这民族是把旧的纪律忘掉，正在找一个新的咧。新的找不着，终究还要回来的。北京房子，皇宫也算在里头，主要的建筑都是向南的，谁也没有这样强迫过建筑者，说非这样修不可。但纪律因为利益所在，在不言中被遵守了。夏天受着解愠的熏风，冬天接着可爱的暖日，只要守着盖房子的法则，这利益是不用争而自来的。所以我们要问，在我们的政治社会里有这样的熏风和暖日吗？

最初在崖壁上写大字铭功的是强盗的老师，我眼睛看着神武门上的几个大字，心里想着李斯。皇帝也是强盗的一种，是个白痴强盗。他抢了天下，把自己监禁在宫中，把一切宝物聚在身边，以为他是富有天下。这样一代过一代，到头来还是被他的糊涂奴仆，或贪婪臣宰，讨、瞒、偷、换，到连性命也不定保得住。这岂不是个白痴强盗？在白痴强盗底下才会产出大盗和小偷来。一个小偷，多少总要有一点跳女墙钻狗洞的本领，有他的禁忌，有他的信仰和道德。大盗只会利用他的奴性去请托攀缘，自赞赞他，禁忌固然没有，道德更不必提。谁也不能不承认盗贼是寄生人类的一种，但最可杀的是那班为大盗之一的斯文贼。他们不像小偷为延命去营鼠雀的生活；也不像一般的大盗，凭着自己的勇敢去抢天下。所以明火打劫的强盗最恨的是斯文贼。这里我又联想到张献忠。有一次他开科取士，檄诸州举贡生员后至者妻女充院，本犯剥皮，有司教官斩，连坐十家。诸生到时，他要他们在一丈见方的大黄旗上写个帅字，字画要像斗的粗大，还要一笔写成。一个生员王志道缚草为笔，用大缸贮墨汁将草笔泡在缸里，三天，再取出来写。果然一笔写成了。他以为可以计献忠的喜欢，谁知献忠说，“他日图我必定是你。”立即把他杀来祭旗。献忠对待念书人是多么痛快。他知道他们是寄生的寄生。他的使命是来杀他们。

东城西城的天空中，时见一群一群旋飞的鸽子。除去打麻雀，逛窑子，上酒楼以外，这也是一种古典的娱乐。这种娱乐也来得群众化一点。它能在空中发出和悦的响声，翩翩地飞绕着，教人觉得在一个灰白色的冷天，满天乱飞乱叫的老鸹的讨厌。然而在刮大风的时候，若是你有勇气上景山的最高处，看看天安门楼屋脊上的鸦群，噪叫的声音是听不见，它们随风飞扬，直像从什么大树飘下来的败叶，凌乱得有意思。

万春亭周围被挖得东一沟，西一窟。据说是管宫的当局挖来试看煤山是不是个大煤堆，像历来的传说所传的，我心里暗笑信这说的人们。是不是因为北宋亡国的时候，都人在城被围时，拆毁艮岳的建筑木材去充柴火，所以计划建筑北京的人预先堆起一大堆煤，万一都城被围的时，人民可以不拆宫殿。这是笨想头。若是我来计划，最好来一个米山。米在万急的时候，也可以生吃，煤可无论如何吃不得。又有人说景山是太行的最终一峰。这也是瞎说。从西山往东几十里平原，可怎么不偏不颇，在北京城当中出了一座景山？若说北京的建设就是对着景山的子午，为什么不对北海的琼岛？我想景山明是开紫禁城外的护河所积的土，琼岛也是垒积从北海挖出来的土而成的。

从亭后的树缝里远远看见鼓楼。地安门前后的大街，人马默默地走，城市的喧嚣声，一点也听不见。鼓楼是不让正阳门那样雄壮地挺着。它的名字，改了又改，一会是明耻楼，一会又是齐政楼，现在大概又是明耻楼吧。明耻不难，雪耻得努力。只怕市民能明白那耻的还不多，想来是多么可怜。记得前几年“三民主义”、“帝国主义’，这套名词随着北伐军到北平的时候，市民看些篆字标语，好像都明白各人蒙着无上的耻辱，而这耻辱是由于帝国主义的压迫。所以大家也随声附和，唱着打倒和推翻。

从山上下来，崇祯殉国的地方依然是那棵半死的槐树。据说树上原有一条链子锁着，庚子联军入京以后就不见了。现在那枯槁的部分，还有一个大洞，当时的链痕还隐约可以看见。义和团运动的结果，从解放这棵树，发展到解放这民族。这是一件多么可以发人深思的对象呢？山后的柏树发出清恬的香气，好像是对于这地方的永远供物。

寿皇殿锁闭得严严地，因为谁也不愿意努尔哈赤的种类再做白痴的梦。每年的祭祀不举行了，庄严的神乐再也不能听见，只有从乡间进城来唱秧歌的孩子们，在墙外打的锣鼓，有时还可以送到殿前。

到景山门，回头仰望顶上方才所坐的地方，人都下来了。树上几只很面熟却不认得的鸟在叫着。亭里残破的古佛还坐着给那没人能懂的手印。

先农坛

曾经一度繁华过的香厂，现在剩下些破烂不堪的房子，偶尔经过，只见大兵们在广场上练国技。往南再走，摆地摊的犹如往日，只是好东西越来越少，到处都看见外国来的空酒瓶，香水樽，胭脂盒，乃至簇新的东洋瓷器，沽衣摊上的不入时的衣服，“一块八”、“两块四”叫卖的伙计连翻带地兜揽，买主没有，看主却是很多。

在一条凹凸得格别的马路上走，不觉进了先农坛的地界。从前在坛里唯一新建筑——“四面钟”，如今只剩一座空洞的高台，四围的柏树早已变成富人们的棺材或家私了。东边一座礼拜寺是新的。球场上还有人在那里练习。绵羊三五群，遍地披着枯黄的草根。风稍微一动，尘土便随着飞起，可惜颜色太坏，若是雪白或朱红，岂不是很好的国货化妆材料？

到坛北门，照例买票进去。古柏依旧，茶座全空。大兵们住在大殿里，很好看的门窗，都被拆作柴火烧了。希望北平市游览区划定以后，可以有一笔大款来修理。北平的旧建筑，渐次少了，房主不断地卖折货。像最近的定王府，原是明朝胡大海的府邸，论起建筑的年代足有五百多年。假若政府有心保存北平古物，决不至于让市民随意拆毁。拆一间是少一间。现在坛里，大兵拆起公有建筑来了。爱国得先从爱惜公共的产业做起，得先从爱惜历史的陈迹做起。

观耕台上坐着一男二女，正在密谈，心情的热真能抵御环境的冷。桃树柳树都脱掉叶衣，做三冬的长眠，风摇鸟唤，都不听见。雩坛边的鹿，伶俐的眼睛嘹望着过路的人。游客本来有三两个，它们见了格外相亲。在那么空旷的园圃，本不必拦着它们，只要四围开上七八尺深的沟，斜削沟的里壁，使当中成一个圆丘，鹿放在当中，虽没遮栏也跳不上来。这样，园景必定优美得多。星云坛比岳渎坛更破烂不堪。干蒿败艾，满布在砖缝瓦罅之间，拂人衣裾，便发出一种清越的香味。老松在夕阳底下默然站着。人说它像盘旋的虬龙，我说它像开屏的孔雀，一颗一颗的松球，衬着暗绿的针叶，远望着更像得很。松是中国人的理想性格，画家没有不喜欢画它的。孔子说它后凋还是屈了它，应当说它不凋才对。英国人对于橡树的情感就和中国对于松树的一样。中国人爱松并不尽是因为它长寿，乃是因它当飘风飞雪的时节能够站得住，生机不断，可发荣的时间一到，便又青绿起来。人对着松树是不会失望的，它能给人一种兴奋，虽然树上留着许多枯枝丫，看来越发增加它的壮美。就是枯死，也不像别的树木等闲地倒下来。千年百年是那么立着，藤萝缠它，薜荔粘它，都不怕，反而使它更优越更秀丽，古人说松籁好听得像龙吟。龙吟我们没有听过，可是它所发出的逸韵，真能使人忘掉名利，动出尘的想头。可是要记得这样的声音，决不是一寸一尺的小松所能发出，非要经得百千年的磨炼，受过风霜或者吃过斧斤的亏，能够立得定以后，是做不到的。所以当年壮的时候，应学松柏的抵抗力、忍耐力和增进力；到年衰的时候，也不妨送出清越的籁。

对着松树坐了半天。金黄色的霞光已经收了，不免离开雩坛直出大门。门外前几年挖的战壕，还没填满。羊群领着我向着归路。道边放着一担菊花，卖花人站在一家门口与那淡妆的女郎讲价，不提防担里的黄花教羊吃了几棵。那人索性将两棵带泥丸的菊花向羊群猛掷过去，口里骂“你等死的羊孙子!”可也没奈何。吃剩的花散布在道上，也教车轮碾碎了。

忆卢沟桥

记得离北平以前，最后到卢沟桥，是在二十二年的春天。我与同事刘兆蕙先生在一个清早由广安门顺着大道步行，经过大井村，已是十点多钟。参拜了义井庵的千手观音，就在大悲阁外少憩。那菩萨像有三丈多高，是金铜铸成的，体相还好，不过屋宇倾颓，香烟零落，也许是因为求愿的人们发生了求财赔本求子丧妻的事情吧。这次的出游本是为访求另一尊铜佛而来的。我听见从宛平城来的人告诉我那城附近有所古庙塌了，其中许多金铜佛像，年代都是很古的。为知识上的兴趣，不得不去采访一下。大井村的千手观音是有著录的，所以也顺便去看看。

出大井村，在官道上，巍然立着一座牌坊，是乾隆四十年建的。坊东面额书“经环同轨”，西面是“荡平归极”。建坊的原意不得而知，将来能够用来做凯旋门那就最合宜不过了。

春天的燕郊，若没有大风，就很可以使人流连。树干上或土墙边蜗牛在画着银色的涎路。它们慢慢移动，像不知道它们的小介壳以外还有什么宇宙似的。柳塘边的雏鸭披着淡黄色的毵毛，映着嫩绿的新叶；游泳时，微波随蹼翻起，泛成一弯一弯动着的曲纹，这都是生趣的示现。走乏了，且在路边的墓园少住一回。刘先生站在一座很美丽的牢堵坡上，要我给他拍照。在榆树荫覆之下，我们没感到路上太阳的酷烈。寂静的墓园里，虽没有什么名花，野卉倒也长得顶得意地。忙碌的蜜蜂，两只小腿粘着些少花粉，还在采集着。蚂蚁为争一条烂残的蚱蜢腿，在枯藤的根本上争斗着。落网的小蝶，一片翅膀已失掉效用，还在挣扎着。这也是生趣的示现，不过意味有点不同罢了。

闲谈着，已见日丽中天，前面宛平城也在域之内了。宛平城在卢沟桥北，建于明崇祯十年，名叫“拱北城”，周围不及二里，只有两个城门，北门是顺治门，南门是永昌门。清改拱北为拱极，永昌门为威严门。南门外便是卢沟桥。拱北城本来不是县城，前几年因为北平改市，县衙才移到那里去，所以规模极其简陋。从前它是个卫城，有武官常驻镇守着，一直到现在，还是一个很重要的军事地点。我们随着骆驼队进了顺治门，在前面不远，便见了永昌门。大街一条，两边多是荒地。我们到预定的地点去探访，果见一个庞大的铜佛头和些铜像残体横陈在县立学校里的地上。拱北城内原有观音庵与兴隆寺，兴隆寺内还有许多已无可考的广慈寺的遗物，那些铜像究竟是属于哪寺的也无从知道。我们摩挲了一回，才到卢沟桥头的一家饭店午膳。

自从宛平县署移到拱北城，卢沟桥便成为县城的繁要街市。桥北的商店民居很多，还保存着从前中原数省入京孔道的规模。桥上的碑亭虽然朽坏，还矗立着。自从历年的内战，卢沟桥更成为戎马往来的要冲，加上长辛店战役的印象，使附近的居民都知道近代战争的大概情形，连小孩也知道飞机、大炮、机关枪都是做什么用的。到处墙上虽然有标语贴着的痕迹，而在色与量上可不能与卖药的广告相比。推开窗户、看着永定河的浊水穿过疏林，向东南流去，想起陈高的诗："卢沟桥西车马多，山头白日照清波。毡卢亦有江南妇，愁听金人出塞歌。"清波不见，浑水成潮是记述与事实的相差，抑昔日与今时的不同，就不得而知了。但想象当日桥下雅集亭的风景，以及金人所掠江南妇女。经过此地的情形，感慨便不能不触发了。

从卢沟桥上经过的可悲可恨可歌可泣的事迹，岂止被金人所掠的江南妇女那一件？可惜桥栏上蹲着的石狮子个个只会张牙裂眦结舌无言，以致许多可以稍留印迹的史实，若不随蹄尘飞散，也教轮辐压碎了。我又想着天下最有功德的是桥梁。它把天然的阻隔联络起来。它从这岸渡引人们到那岸。在桥上走过的是好是歹，于它本来无关，何况在上面走的不过是长途中的一小段，它哪能知道何者是可悲可恨可泣呢？它不必记历史，反而是历史记着它。卢沟桥本名广利桥，是金大定二十七年始建，至明昌二年（公元一一八九至一一九二）修成的。它拥有世界的声名是因为曾入马哥博罗的记述。马哥博罗记作"普利桑乾"，而欧洲人都称它做"马哥博罗桥"，倒失掉记者赞叹桑乾河上一道大桥的原意了。中国人是善于修造石桥的，在建筑上只有桥与塔可以保留得较为长久。中国的大石桥每能使人叹为鬼役神工，卢沟桥的伟大与那有名的泉州洛阳桥和漳州虎渡桥有点不同。论工程，它没有这两道桥的宏伟，然而在史迹上，它是多次系着民族安危。纵使你把桥拆掉，卢沟桥的神影是永不会被中国人忘记的，这个在"七七"事变发生以后，更使人觉得是如此。当时我只想着日军许会从古北口入北平，由北平越过这道名桥侵入中原，决想不到火头就会在我那时所站的地方发出来。

在饭店里，随便吃些烧饼，就出来，在桥上张望。铁路桥在远处平行地架着。驼煤的骆驼队随着铃铛的音节整齐地在桥上迈步。小商人与农民在雕栏下做交易上很有礼貌地计较。妇女们在桥下浣衣，乐融融地交谈。人们虽不理会国势的严重，可是从军队里宣传员口里也知道强敌已在门口。我们本不为做间谍去的，因为在桥上向路人多问了些话，便教警官注意起来，我们也自好笑。我是为当事官吏的注意而高兴，觉得他们时刻在提防着，警备着。过了桥，便望见实柘山，苍翠的山色，指示着日斜多了几度，在砾原上流连片时，暂觉晚风拂衣，若不回转，就得住店了。“卢沟晓月”是有名的。为领略这美景，到店里住一宿，本来也值得，不过我对于晓风残月一类的景物素来不大喜爱，我爱月在黑夜里所显的光明。晓月只有垂死的光，想来是很凄凉的，还是回家吧。

我们不从原路去，就在拱北城外分道。刘先生沿着旧河床，向北回海甸去。我捡了几块石头，向着八里庄那条路走。进到阜成门，望见北海的白塔已经成为一个剪影贴在洒银的暗蓝纸上。